霞が関で昼食を

恋愛初心者の憂鬱な日曜

ふゆの仁子

white heart

講談社X文庫

目次

イラストレーション／おおやかずみ

霞が関で昼食を

恋愛初心者の憂鬱な日曜

1

「というわけで、我が部署のルーキーである樟《くすのき》栄佑《えいすけ》くんの七月付本配属が確定しました」

詳しい事情を「というわけで」という言葉で省略したのは聞き流し、とにかく酒を飲む口実なのだと誰もが解釈していた。そして乾杯の音頭に合わせて手にしていたビールのジョッキを掲げた。

「我らの部署発足二ヵ月および樟くんの本配属を祝って、乾杯！」

乾杯の音頭を取った片桐剛毅《かたぎりごうき》が、ぐっとビールを一口飲んですぐに「美味《うま》い」と呻《うめ》く。彼だけではなく、それぞれが勝手にテーブルに用意された料理の皿に箸《はし》を伸ばす様子に、歓迎会会場としてこの店を選んだ立花斎樹《たちばないつき》は内心かなり満足していた。

「立花。相変わらず、君の選んだ店に外れはないな」

「ここで驚いていたら始まりません、本郷《ほんごう》さん。この店の本領はメインですから」

室長である本郷清一《せいいち》の言葉に、立花は気分をよくしながら自慢気に応えた。

ここ数日の暑さに合わせ、ビールだけでなく、冷酒に合う刺身の美味《うま》い店を選んだ。官庁街から築地《つきじ》までは近い。それゆえにこの辺りには、新鮮な魚介の食べられる穴場の店が結構あるのだ。前回の「仮」歓迎会のときとは違って、今回はあらかじめ時間をかけて店を選べた。だから値段的にも雰囲気的にも何より味的にも、立花の行きつけ居酒屋ランキングの中でも、五本の指に入るほどの上位店だ。

鯵《あじ》にイサキに石鯛《いしだい》。貝もいいものが入っているであろう。もしかしたら鮎《あゆ》もあるかもしれない。美味い酒に美味い料理。

省エネで一定の温度に保たれた部屋の中に押し込まれ、窓からの強い陽差《ひざ》しを浴びつつ仕事をしていた。その辛《つら》さも、このあとの料理を想像するだけで、我慢できてしまう。

以前からいつか同僚を連れてこようと思いながら、人気店ゆえになかなか予約が取れなかった。だから今回は歓迎会の日程が決まった段階で席を押さえておいたのだ。

「ビールはいつ飲んでも美味いが、仕事のあとの一杯は特に美味い」

ジェームスというミドルネームを持つ片桐は、既にネクタイの結び目に指を突っ込んで緩めている。

アメリカ人である祖父譲りの恵まれた体格を、さらに大学時代ラグビーで鍛え抜いた片桐は、豪快かつ面倒見のいい性格で、宴会では欠かせない盛り上げ役だ。

「なあ、樟。お前もそう思うだろう?」

そんな片桐に強引に肩を抱き寄せられたのは、財務省国際局内危機対策準備室、早口言葉のような部署の新規メンバーである樟栄佑だ。

新規とはいえ、部署自体発足したのが二ヵ月前のため、他のメンバーとの経験値に大差はない。

実際に諸事情で三ヵ月の「試用期間」を設けられていたものの、「仮」扱いされていたのは最初の一ヵ月だけだ。以降は正式メンバーとほぼ同じかそれ以上の働きを見せていた。

それでもあえて本配属を祝うのであれば、他省庁と異なり人事異動の行われる七月に行うべきだ。が、七月は上旬に開催される世界的な経済会議の準備のため、日々忙殺されることが確定している。つまり「今」以外に歓迎会の時期はなかった。

「もちろん思います」

年齢としては四歳差の片桐と樟は、職場のみならず学生時代から先輩後輩の関係にあった。

全寮制の中高一貫男子校の、かつ進学校において、先輩は絶対的な存在だ。特に四歳の年齢差は大きい。ついこの間までランドセルを背負っていた樟が中学一年になったばかりのとき、既に片桐は高校二年だ。受験を控えた三年生は表舞台から去り、実質的な権力を握っていた二年生は、圧倒的な存在として捉《とら》えられることが多い。

実際、百八十センチ前後の長身に均整の取れた筋肉に覆われた恵まれた体軀《たいく》の樟が、片桐の隣にいると、体ばかり大きくなった大型犬の子どもみたいに見えてしまう。

　二人のやり取りを向かい側に座って眺めていた立花の心の中に、突然に予想もしない感情が湧《わ》き上《あ》がる。

（可愛《かわい》い……）

　が、その感情に気づいた途端、箸にあった刺身が小皿の醤油《しょうゆ》の中に落ちてしまう。

「あ」

　声を上げたときには、袖口《そでぐち》に醤油が飛んでいた。

「立花さん、大丈夫ですか？」

　樟がすぐに気づいて反応する。

「あ、いや」

「シャツに飛んでるじゃないですか。染みになると大変だから、すぐに洗面所で洗ったほうがいいです。俺も一緒に行きますから……」

「いや」

　ついてこようとする樟を、立花は手で制する。

「この店は主賓である君のために選んだ。どの料理も美味いぞ。だからしっかり食え」

　何か言いたげな樟に背を向け、立花はその場を離れた。

冷たい水でシャツの袖口を洗ってから、立花はじっと鏡を覗《のぞ》き込《こ》む。

あのとき、咄嗟《とっさ》に樟を「可愛い」と思ってしまった。思うこと自体は致し方ない。だがそれが顔に出ていなかったか。

「……大丈夫、だな」

(無意識ににやけたりしてなかったか?)

己の頰《ほお》に手をやって、改めて見慣れた顔をまじまじと眺める。

百七十五を超える身長と、着痩せするものの骨格のしっかりとした体軀だが、立花自身、まったく普通の日本人と変わらないつもりでいる。

しかし若干色素が薄いせいか明るめの虹彩《こうさい》や、白い肌、長めの睫毛《まつげ》、凹凸のはっきりとした顔立ち——毎日見ている立花にしてみれば、ごく当たり前の部分に、人は八分の一にすぎない外国の血を感じるらしい。

この容姿にプラスして、成績優秀かつスポーツ万能となればモテないわけがない。

若い頃はもちろん、三十半ばを過ぎた今も変わらない。

実際、居酒屋にただ座っているだけでも、ちらちらと向けられる視線は感じたが、それすら立花にとっては「日常」の出来事になっていた。

当人がその気になれば、女性には困らないというかむしろ引く手あまたにもかかわらず、今の年になるまで立花は恋愛経験ゼロだった。

正確に言うと、ようやく恋愛のイロハを学び始めているところだ。

なにゆえそんな事態に陥っているかについて説明するには、立花斎樹の人となり、さらには彼の職場の説明をするのが早い。

日本政府の財務管理を担当する財務省は、日本の行政機関が集合した官庁街――東京都千代田区霞《かすみ》が関《せき》にある。

現在、九十兆円を超える国家予算を握っているがゆえに、省庁の中の省庁とも称されたエリート中のエリートが集まった機関に、今年四月になって新しい部署が生まれた。

組織上、本省国際局国際機構課に置かれているが、実際には局の縛りのない『危機対策準備室』というイレギュラーな部署である。

室長に据えられた、今年五十五歳になる本郷は、金融庁のキャリア出身だ。入庁して数年後に米国コンサルタント会社へ転職し、世界銀行勤務を経たのち、官民を往来する「リボルビングドア」という制度を利用して財務省へ入省することとなった。

『危機対策準備室』は、表向きこの本郷をトップに据える形で立ち上がった部署だが、実際は立花のために生まれた部署だ。

ワンエイスと称される八分の一外国の血の流れる立花は、外交官の父親と英国文学の研究者である母親の仕事の関係で、小学三年生まで外国で過ごした。アメリカやヨーロッパを回ったこともあり、英語のみならずフランス語も堪能《たんのう》だ。

中学受験のために帰国させられたのちは、中高一貫教育かつ全寮制の進学校へ進み、大学は国立最高峰へ進んだ。

その後、在学中に司法試験に合格しただけでなく、当時あった外交官試験、国家公務員試験も一番の成績で合格、かつ学部を首席で卒業するという「四冠」を獲得した立花は、ある種の天才と言えるだろう。

当人にまったくその自覚はないものの、自分が少々変わっていることはわかっていた。

小学生の頃、面倒を見てくれた父方の祖母いわく、立花の性格は父によく似ているらしい。頑固でこだわりが強く他人の目を気にしない。そんな生来の性格にプラスして、帰国直後、日本語がおぼつかなかったせいで、小学生の頃にはよく喧嘩《けんか》をしていたらしい。ちなみに喧嘩っ早いのは父とは正反対だそうだ。

身の安全のため、海外で空手を習っていたせいで怪我《けが》ひとつしたことのない孫に、祖母は繰り返し言い聞かせてきた。

『中身はどんな人間であれ、外面をよくすることが人生を楽にする』

正直なところ、これを言われたとき、祖母の言わんとすることがわからなかった。しかし祖母は孫に、少しでも人生を生きやすくするためのひとつの指針を示してくれたのだろう。

多少納得のいかないことがあろうとも笑って流せるだけの心の広さを持つのだ。

あるとき、不意に祖母の言葉がすとんと落ちてきた。

おそらく祖母は、仕事以外の人づき合いが苦手で外交官という職業に就《つ》いていたにもかかわらず孤立しがちな父と、孫である立花が同じ轍《てつ》を踏まないようにと案じたのだ。

面倒だと思ったたし、理不尽だと憤ることも多かったが、立花にとって「絶対」である祖母の教えに抗《あらが》えるわけもなかった。

だからできるだけ笑っているように心がけていると、次第に諍《いさか》いが減るようになった。もちろん日本語の理解力が深まったのもある。だがそれ以上に、祖母の教えが功を奏したのだろうと思えた。それからも、腹で考えていることは隠し、できるだけ微笑《ほほえ》みを絶やさないようにしていた結果、高校時代には「微笑みの貴公子」などというわけのわからない二つ名で呼ばれるようになっていた。

さらには数少ないながらも一生ものの友達はできたが、根本の性格が変わったわけではない。

エリート中のエリートの集まる元大蔵省の中でも、立花は抜きんでた存在だった。大学卒業後、当然のように入省したものの、官僚の世界は立花には正直合わなかった。正確に言えば頭の固い上司たちにとって、立花は異質すぎる存在だった。

入省三年後にＭＢＡ取得のため米国に留学した。本省に戻るのと同時に課長に昇進するが、しばらくして官民交流により都市銀行へ二年出向したのち、国際機関の日本政府代表参事官を経て再び財務省へ復帰した。

四月までは国際局へ配属されていた立花は、これまで一度も出世コースと言われる主計局や税務関係の仕事に就いたことがない。

立花自身、出世を含め望んでいなかったこともある。だがそれ以上に、己の出世にしか興味のない財務省の幹部たちにとって、柔軟かつグローバルな立花の考え方は理解できなかった。

しかし逆に立花の存在は内外に知れ渡り、国内外の金融業界やシンクタンクから、転職の誘いの声が掛かるようになった。

財務省側も、立花の頭脳と人脈を手放すつもりはなかった。とはいえこのままでは飼い殺しになりかねないと、立花の頭脳を活《い》かす部署を検討していた。

「三十代半ば」の若造のために新規部署を表立って立ち上げるわけにもいかない。そんなとき、本郷の入省話が持ち上がった。まさに財務省にとっても立花にとっても、渡りに船だった。

しかして立ち上がった『危機対策準備室』には、トップの本郷、実質的なリーダーである立花の他、メンバーは優秀な人材ばかりが集まってきた。

乾杯の音頭を取った片桐は、立花の中学時代からの先輩で、大学卒業後は大手都市銀行に就職したが、二年前から財務省に出向している。ちなみに大学を卒業して三年目に同僚と結婚したが、その後二年で離婚して以来、独り身だ。詳しい離婚理由は知らないが、片桐いわく、食の好みが合わなかったことが最大の原因だと言っていた。

「例の会議、どうなりますかね」

黒縁眼鏡を掛けた典型的な公務員然とした風貌《ふうぼう》の榎木志人《えのきゆきと》は、立花の三歳下だ。生まれも育ちも東京だが、二歳違いの兄と同じ大学に進むのが嫌で、京都の国立大学を選んだそうだ。

人づき合いが苦手な堅物タイプかと思いきや、今のところ部署主催の宴会には必ず顔を出す、つき合いのよさを見せている。

その榎木の言う「例の会議」とは、七月にある予定の経済会議のことだ。

G20ことGroup of Twentyは、主要国首脳会議（G7）に参加する七ヵ国に加え、欧州連合（EU）、ロシア連邦、および新興経済国十一ヵ国の計二十ヵ国・地域からなるグループを指し、財務大臣・中央銀行総裁会議を行っている。二〇〇八年からは世界金融危機を受け、正式名称、「金融・世界経済に関する首脳会合」、通称「世界金融サミット」も開催されるようになった。

それが毎年、七月に行われるため、財務省も様々な準備をせねばならない。

とはいえ、毎年開催されることと議題が事前にある程度決まっていることもあり、連日の残業を余儀なくされることはないだろう。

「四月にある程度、書類の用意はできたから、さほど慌てずに済むんじゃないですか？大体、担当部署はうちじゃないわけですし」

淡々と答えた、立花の四歳年上の桑島昌一郎《くわしましょういちろう》は、金融庁出身で実務畑でバリバリ仕事をしてきた、協調性が高く出世欲がまったくない、この業界においては珍しい人材だ。が、当人が望まずとも、要領がよく仕事もできるため、順調に出世を果たしている。

「桑島の言うように、うちが主で動くわけではないし、とりあえずはさほど困る事態には陥らないだろう。それに万が一のことがあっても、君らのことだから、そつなくこなしてくれるだろう」

四月に発足したばかりの部署のメンバーに、本郷はもちろん立花も絶大の信頼を置いていた。

部署発足時のメンバーについては、立花も口を出している。『危機対策準備室』は、元々立花のために生まれた部署という面もあるが、それ以上に昨今の世界経済情勢により、増えてきた従来の財務省の縦割りでは解決できない案件に対応するためもある。

スタッフが五名という少数精鋭となったのは、要求されるスキルの高さゆえだ。さすがに最初の頃は、対応する仕事も少ないだろうし、この先状況に応じて人員を増やしていけばいいだろうと高を括《くく》っていた。

ところが発足早々、朝七時から夜の十一時まで職場で過ごさねばならない状況に丸一カ月陥ったことにより、立花は切れた。

仕事をしてもしても終わらないことにも、日々増える書類の山にも堪えられた。連日十二時間以上、パソコンの画面を見続けねばならないことも、仕事なのだからやむを得ない。

立花は元々仕事人間で、デスクワークも嫌いではない。しかしそんな立花にとって、どうしても我慢できないことがあった。

「立花さん」

トントンと扉を叩《たた》く音とともに聞こえてきた自分の名前を呼ぶ声で、立花の全身がびくりと震えてしまう。

「く、樟、か」

平静を装ったつもりが、声が上擦った。

「時間かかっていますけど、大丈夫ですか？」

樟の指摘で、立花は慌てて腕時計で時間を確認する。

（まだ五分も経《た》ってないじゃないか）

なんとかついてこようとするのは制止できたが、「待て」の効果は短かったようだ。

「醤油の染み、取れませんか？」

さらに声を掛けてくる樟は、本気で心配している。

「いや、大丈夫だ。落ちた」

改めて既に洗い終えた袖口を見てから応じると、捲《まく》っていた反対側の袖を下ろして濡《ぬ》れた手をハンカチで拭《ぬぐ》う。

「本当ですか？　染み抜きの仕方、スマホで調べたので、もしまだなら俺も一緒にやろうかと思ったんです」

（一緒にって……）

「本当に落ちたから……」

樟の言葉で跳ね上がる鼓動を懸命に落ち着かせながら、立花はもう一度鏡の中の自分の顔を見つめた。

（少し頬は赤いが……暑さのせいにできるか）

おそらく効果はない。だが何もしないよりはマシだろう。とにかくできるだけいつもと変わらない風を装ってから、立花はぐっと腹に力を入れた。

（落ち着け。『微笑みの貴公子』と讃《たた》えられていた頃を思い出せ）

今こそ祖母の教えを活かすときだ。本心を隠し笑顔で装い、鍵《かぎ》を解除し扉を開けた途端、わずかに開いた隙間《すきま》から伸びてきた大きな手に、不意をつかれてしまう。

「立花さん！」

体を割り込ませるようにして満面の笑みを向けてきたのは、立花の願いによって増員された新規メンバーだ。

立花より上背があり、スーツの似合う厚い胸板と広い肩幅を持つ樟栄佑は、片桐の学校の後輩であるということはつまり、立花の後輩でもある。

「樟」

「袖、見せてもらっていいですか?」

「いや、だから」

応じるよりも前に、樟は背後から立花の手を取り、なんの躊躇《ちゅうちょ》もなしに濡れた袖に触れてくる。

布越しに感じる温《ぬく》もりと、ふわりと鼻を掠《かす》める樟の匂《にお》いに、ぶわっと肌が粟立《あわだ》った。すぐ横にある樟の、太い眉《まゆ》が印象的な凛々《りり》しい顔立ちは、少し癖のある髪質によって柔らかさを醸し出す。

片桐とはまた異なる恵まれた体軀の持ち主は、中等部に入学して間もない頃、高校一年だった立花に魅入られてしまった——らしい。

「醤油の染みは、とにかくすぐに水洗いをするのが一番いいんだそうです……ああ、ほとんど落ちてるみたいですね」

背中に折り重なるようにされているため、樟が声を発するたび、熱い吐息が頬や顎《あご》を掠める。否応《いやおう》なしに鼓動が高まり頬が紅潮していくのが自分でもわかる。

大体、誰のせいで、今この場にいると思っているのか。樟の笑顔を「つい」「うっかり」可愛いと思ったことに動揺したためだ。

元をただせば己のせいなのだが、樟のせいだと八つ当たりしたい気持ちになってしまう。

大学のみならず、職場まで立花を追いかけてきた樟は、立花とは違い、財務省入省後から主計局に配属され、この春までワシントンに出向していた、正統派エリートだ。だが、帰国するにあたっても様々な転職エージェントから当然のように声が掛かりながら、それらすべてを蹴《け》っただけでなく、主計局への配属すらも断り、立花のいる『危機対策準備室』への配属を希望したらしい。

だが大変申し訳ないことに立花は樟のことを覚えていなかった。過去の話をされ、かろうじて記憶は蘇《よみがえ》ってきても、今自分の背後で甲斐甲斐《かいがい》しく世話を焼いている男の顔とは一致しない。

線の細い、利発そうで明るい少年。

どこがどう成長したら、こんな爽《さわ》やかを絵に描いたような、逞《たくま》しい男になるものか。それこそ青虫が蝶《ちょう》になるがごとく艶《あで》やかに変化していたら、過去の記憶にある姿と一致しなくても、立花のせいではないだろう。

だが立花が覚えていようといまいと関係なしに、樟は半ばストーカーのように立花を追いかけ続けてきた。

それもただの「憧《あこが》れの先輩」に対する想《おも》いではない。長い間想い続けてきたがゆえに、いつどうねじ曲がったのかは知らないが、樟の立花への想いは、「恋愛」のそれへと変化していたのだ。

当初立花はまったく相手にしていなかったし、何をふざけたことを抜かしているのかと思っていた。

自分と一緒に働きたいから。そんな理由でこなせるほど『危機対策準備室』の仕事は簡単ではない。

スタッフの増員を希望しつつも、立花は樟の動機を不純だと思い、長続きするわけがないと踏んでいた。

それなのに。

「帰宅されたら、洗濯機で回す前にもう一度手洗いしたほうが確実だと思います」

思わず立花は樟の横顔を眺める。

「帰宅されたら？」

（帰宅したら、ではなく？）

立花の視線で、樟は今さらながら自分の今の体勢に気づいたらしい。摑《つか》んでいた立花の手を放し、背後からも退いた。突然、そこにあった温もりと匂いが消えていく。

「樟」

「立花さん、先に戻っててください。俺は、ちょっと腹を壊しているらしいとでも、皆さんに言っておいてください」

「ちょ」

適当な言い訳を口にして、立花の返事も聞かずに個室に入って内側から鍵を掛けてしまう。

（なんなんだ……）

わざわざ様子を見に来ておきながら、突然に照れた樟のせいで、立花の頰の火照《ほて》りが引いてくれない。

（俺のこと、追いかけてきたくせに、先に戻れって……！）

嬉《うれ》しさと戸惑いの入り混じった感情が湧き上がってくる。

それでも、いつまでも二人してトイレで過ごすわけにもいかない。濡れて気持ち悪い袖を適当に捲ってから、樟に言われたとおり先に席に戻るしかなかった。

「あ、立花さん、戻ってきましたよ」

榎木の言葉で、他のメンバーの顔が一斉に立花に向けられる。

「一人ですか？　樟が様子見に行ったけど、会いませんでしたか？」

席に座る立花の空いたグラスにビールを注ぎながら、桑島が確認してくる。

「なんか、腹の調子が悪いと言ってた」

「腹？　さっきまで平気な顔してぐびぐびビール飲んでたぞ」

怪訝《けげん》そうな片桐の言葉に、立花は小さく息を呑《の》む。

「ぐびぐび飲んでたから、腹下すんです」

立花は内心で動揺しながら、突き放したように言う。

「前回の飲み会を思い出してください。樟の奴《やつ》、ビールと焼酎《しょうちゅう》の水割りを調子に乗って飲んだ挙げ句、ベロベロに酔ったくせに、酔ってないと言い張ってたじゃないですか」

前回の飲み会、つまり樟の試用期間がスタートしたときに「仮」つきで歓迎会を行っているのだ。いわば「歓迎会」という名目は半ば口実にすぎない。が、とにかくその飲み会で、気づけば樟は一人で歩けない上に呂律《ろれつ》が回らないほどに酔っ払っていた。結果、一人で都下にある家に帰すわけにもいかず、祖母の代からの、立花が一人で住む麻布《あざぶ》にある家へ連れて帰ることとなった。

樟は酒に弱いわけではない。あれから何度か一緒に飲んでいるが、結構な量を飲んで、多少酔っ払ってもあそこまでの醜態を晒《さら》すことはない。

おそらく、配属されたばかりの部署での飲み会というだけでなく、長いこと想い続けた立花との飲み会という状況に、樟自身訳もわからないまま、酔ってしまったのだろう。綺《き》麗《れい》さっぱり記憶がないことを、樟はいまだに悔いている。

「あのときは、みんな面倒を俺に押しつけて、さっさと帰ったよな?」

あのときのことを思い出した立花は、恨めしげな口調で訴えつつビールの入ったグラスに口をつける。

「いや、悪かったな。でも、あのとき以来だろう? お前らが仲よくなったの」

とりあえず謝ってから続けられた片桐の予想しなかった言葉に、立花は思わず酒を吐きだしそうになる。

「仲よく、って」

(この人は突然に何を言い出すんだ?)

「言葉のとおりだ。この間の週末、二人で飲みに行ってるだろう?」

「え」

続く指摘に表情が強張《こわば》った。

(なんでばれてる?)

「どうして知ってるのかって顔してますね」

淡々と手酌でとっくりから猪口《ちょこ》に日本酒を注いでいた榎木が、眼鏡の下から上目遣いの視線を向けてくる。

「この間、江戸川橋《えどがわばし》で二人でいるところを見かけたんです」

「見かけた、って……」

「断っておきますが偶然です。親戚《しんせき》があの近くに住んでいるんで……俺、間違い探しの類《たぐ》い、得意なんで、たまたま目に入ってしまって」

(何が間違い探しだ)

「それに目立つんです」

眼鏡のブリッジを押し上げながらちらちらりと視線を向けられた立花は、思わずぐっと息を呑む。

「立花さんだけでも、樟さんだけでも。だから二人揃《そろ》ってたら、もう見つけてくださいって言ってるようなもんです」

片桐が言うのであれば、話を盛っているとか揶揄《やゆ》しているとか思うところだ。しかし部署内一番の生真面目《きまじめ》な男の言葉には、やけに重みがある。

「確かに目立つな」

そこへ片桐がタイミング悪くかぶせてくる。

「ランチで虎《とら》ノ門《もん》辺りを歩いてると、見つけようと思わなくても立花には気づくな」

「それは俺がどの店に行っているか知ってるからでしょう」

「違います！」

さらに立花の言葉を否定したのは。

「もちろんあらかじめお店がわかってるときもありましたが、そうでないときでも立花さんは目立ちました」

渦中にあることを知らないのか、樟は自慢気に話に参加してきた。

（こいつ、状況わかってるのか……）

「だから、立花さんのランチのときの行動パターンを把握するの、助かったんです」

どんな顔をしたらいいかわからず口を噤《つぐ》む立花の隣に座った樟は、やけに嬉しそうだ。

「へえ、行動パターン把握してるんだ……」

ぼそりと榎木が呟《つぶや》いた途端、樟は「え？」と短い声を上げる。事情がわからず立花に助けを求めてきたところで、この状況で何をどう言えばいいのかよくわからない。

「じゃあ、その辺りの話は次の店で聞かせてもらおうか」

片桐は腕時計で時間を確認する。

「そうだな。一旦《いったん》ここで切り上げたほうが時間的によさそうだ。立花、会計を……」

「桑島さんがさっき頼んでます」

榎木はスーツの上着に袖を通しながら、財布の準備をする。

「俺、も……」

とにかくここは帰ったほうが無難だと解釈したのだろう。慌てて上着を手にして出口に近いほうへ移動する樟の腕を、がしっと片桐が摑む。

「まだいいじゃないか」

「いえ。俺は家まで結構かかるので……」

「泊めてもらえよ、立花の家に」

片桐はにやにや笑いながら、最初に樟、次に立花を眺めてきた。

「あの」

「腹も壊してるんだろう？　家まで時間かかるなら余計に、途中で便所に行きたくなったら困るじゃないか。ここは優しい先輩に甘えろよ。初めてなわけじゃないんだし」

「片桐さん……っ」

どれだけ意味ありげに笑おうと、片桐の表情の裏には深い意味はない。

片桐が言うように、あの日以降も立花は家に何度も樟を泊めている。それもただ「泊めて」いるだけではない。

樟が『危機対策準備室』に仮配属されてから本配属が決定するまでの間に、簡単に言えないほど様々なことがあった。

その結果、立花は樟の想いを受け入れたのである。

わかりやすく言えば、セックスしたのだ。

当然のことながらそうなるに至るまでには様々な行き違いや、立花自身の気持ちの葛藤《かっとう》もあった。ただ樟の想いに絆《ほだ》されたわけでもなければ、流れで致し方なく、というわけでもない。

きっかけとして、樟の自分に対する想いがあったのは否定しない。だが立花自身、樟のことを好きになった。三十代半ばの一人で十分生きていける自立した男だが、樟と一緒にいたい、過ごしたい、もっと樟のことを知りたいと思った。

しかし愛しているという言葉で表現できる感情か、いまだ葛藤しているのも否定できない。

そんな躊躇《ためら》いとやましさと、さらには樟に対する後ろめたさゆえに、咄嗟に立花はどんな表情をしたらいいのかわからなかった。

「そんなに簡単に言わないでください」

立花の心を見透かしたように、樟が明るい口調で片桐に応じる。

「立花さんは優しいから、終電がなくなるまで飲み歩く、だらしない後輩を憐《あわ》れんで、仕方なく泊めてくれているだけなんです。だから、最初から立花さんの家に泊まることを前提に、二軒目に行くなんて図々《ずうずう》しいことはできません」

そこまで片桐に言ってから立花を振り返って「そうですよね」と同意を求めてくる。

肩を竦《すく》めたその様子を見ていると、まさか嘘《うそ》を吐《つ》いているとは誰も思わないだろう。

持ち前の爽やかさを前面に出した満面の笑みに誰もが誤魔化《ごまか》される。

告白されていても、体を繋《つな》いでいても、立花ですら誤魔化されそうになる。あれは嘘だったのかもしれない、と。一瞬、疼《うず》く胸の奥の痛みに、立花は無意識に行動していた。

樟の腕を掴み、それから真顔で訴えてしまう。

「酔えばいいじゃないか」

その場にいた誰もが驚きに目を見開くのに気づいても、止まらなかった。

「た、ちばなさ、ん？　何を言って……」

「うちに泊まるのに理由がいるなら、酔っ払えばいいと言ったんだ」

自分でも何が起きているのかわからなかった。何をどうしたいのかわからなかった。

ただ、苛立《いらだ》った。

平然と嘘を吐く樟の態度に苛立った。

自分は片桐の隣で屈託なく笑う樟の顔を見て、可愛いなどと思って慌てているのに。

(俺のこと、好きじゃないのか)

立花を追って同じ部署に来たくせに。

それでいて、立花には手が届かないと勝手に解釈して、身を退《ひ》こうとした上に転職しようとしたくせに。

込み上げてくる感情に、立花自身、訳がわからなくなっていた。

2

「おい、樟《くすのき》栄佑《えいすけ》。まだ家に着かないのか！」

右の肩を高い位置に伸ばした立花《たちばな》は、やけにふわふわしているような気がした。

「あと少しです。だから、しっかり前を向いて歩いてください……ほら、危ない」

腰に添えられた腕に力が籠《こ》もって、前のめりに倒れかかった体が支えられる。

アルコールの匂《にお》いと慣れ親しんだ香りは、樟の使っているコロンだろうか。顔を横に向けると、すぐそこに凜々《りり》しい横顔があった。

立花より年下とはいえ、既に三十を越えているが、若々しく見えるのは健康的なせいだろう。

結局、立花が幹事となった「部署発足一ヵ月と樟の正式配属歓迎会」終了後、片桐《かたぎり》と樟、立花の三人で二次会に雪崩《なだ》れ込《こ》んだ。

本意だろうと不本意だろうと、参加するからには中途半端な店には行きたくない。

人生、七十年あまりとして、今後立花が食せる機会はもう五万回には届かないのだ。一日一日減っていく大切な食事の機会に、「下手」は出さない。そんな強いこだわりから、二次会に選んだのは新橋《しんばし》駅西口広場にほど近いビルの地下にある、カウンターのみのオーソドックスなバーだ。

週に何度かランチ営業を行うのだが、そこで提供されるカレーが美味《うま》い上に、バーのお通《とお》しも絶品だ。

あくまでバーなので料理は多くて三品くらいしかないものの、その三品のために酒を飲みに来たいと思うほど立花の好みに合っていた。

事前に確認しなかったものの、カウンターは三席空いていた。奥から片桐、樟、立花の順に座ってすぐ、キープしていたウイスキーが用意された。

片桐がどういうつもりかわからないが、とにかく酔《よ》い潰《つぶ》してしまうつもりでいた。

ところが、酔い潰れたのは立花のほうだった。

『最初のうちは酔ったふりだったんだろうが、本当に酔ったらしいな。まあ、疲れが出たんだろう。実質的なリーダーはこいつだし、こう見えて責任感も強いからな』

片桐が苦笑しつつ知った風に言っていたのは覚えている。何が「こう見えて」なのかと突っ込みたい衝動に駆られつつも、その段階ではもう立花の意識はかなり朦朧《もうろう》としていた。

店を出ると、ＪＲに乗る片桐を改札前で見送ってから地下鉄の階段を下りた。

樟には、タクシーに乗ったほうがいいのではないかと何度か言われたものの、立花は断固として拒否した。

まだ電車があるのだから、無駄遣いすべきではない、と。

それによって迷惑を被る樟は、「しょうがないな」と笑って立花の意見に従った。

そしてなんとか家の最寄り駅まで辿《たど》り着《つ》いたのである。

「立花さん、本当に酔っているんですね。最初、てっきり酔ったふりをしているんだと思ってました」

「酔ってないよ、俺は」

立花は樟の言葉を真っ向から否定したが、樟に「はいはい」と流されてしまう。

「酔っ払いあるあるですね。酔ってる人は、自分が酔ってると認めない。俺もそうですが」

やけに樟は楽しそうだ。

「俺の家、わかるかー？」

「もちろんです。何度行ってると思ってるんですか？」

「何度だ？」

足を止めて樟に尋ねながら、微《かす》かに顎《あご》に浮いた髭《ひげ》の痕《あと》にそっと指を伸ばしてみる。

「何度でしたっけ」

擽《くすぐ》ったいのか、樟は笑いながら肩を竦《すく》めた。細められた目元と目尻《めじり》にできた笑い皺《じわ》が可《か》愛《わい》くて、さらに執拗《しつよう》に触れてみる。

「覚えておけよ。樟の大好きな立花さんの家だぞ」

「そう言う立花さんは覚えているんですか？」

逆に問われて、立花は開いていた唇を閉じる。帰宅すればカレンダーに記してある。だが、何度だったか、改めて確認せずとも言えてしまう。なぜなら、まだ本当に「数える」程度しか来ていないからだ。

「知るか」

拗《す》ねたように言うと、さらに樟がふっと笑う。

「立花さんって、結構甘えん坊ですよね」

笑ったかと思うと、予想しなかった言葉が肉厚な唇から発せられる。

「甘えん坊？　俺が？」

「普段はそんなことないですが、少し酒が入ったときは、結構かまってちゃんになるし、スキンシップを求めてきますよね」

「そうか？」

あまり意識したことはない。

だが素面《しらふ》の状態で「かまってちゃん」だの「甘えん坊」だのと言われたら、それだけで気分を害して反論するところだ。すんなり受け入れてしまう状況が、すなわち酔っているという事実に、立花自身気づいていなかった。

というのも、酔ったとしても外食の場だったり、気を張っていなければならない状況が常だった。

それこそ二人だけで、人目を気にすることなく、心置きなく飲んだり食べたりできる機会など、これまでなかったのだ。

「そうですよ。相当酒に強いのは事実ですが、実は少量飲んだ段階で酔ってますよね。それ以上、泥酔しないし醜態も晒《さら》さないから誰も気づかなかったのかもしれませんが、二人だけで飲むようになってわかるようになりました」

「別に酔ってない」

「そうですね。酔ってないですね」

否定しているわけではなく、立花にその自覚はなかった。

やんちゃな子どもをあやすように相槌《あいづち》を打った樟は、立花のパンツのポケットに手を伸ばしてきた。突然、鮮明になる樟の指の感触に、立花はびくりと体を震わせる。

「あれ？　……あれ？」

怪訝《けげん》な声を上げながらポケットの中で手を蠢《うごめ》かされると、皮膚の下で何かがざわめき出した。

ここに来て初めて、自分がスーツの上着を着ていないことに気づく。

「何、やって……」

「鍵《かぎ》が……キーケース、右側のポケットに入れていませんでしたか？」

ごそごそと探られるたび、朦朧としていた意識が引き戻される。さすがに堪えられなくなって、立花は両手で樟の手を押さえる。

「立花さん？」

「左だ」

樟が二人分の上着を持っていることに気づいた立花は、上目遣いの視線に動揺しながら視線で左側のポケットを示す。

「すみません。左でしたか」

立花の反応に気づくことなく樟は反対側のポケットに遠慮なく手を差し入れ、探し当てたキーケースの中から家の鍵を取り出した。

東京都港区麻布十番《あざぶじゅうばん》といえば、近辺に大使館も多く、広尾《ひろお》や六本木《ろっぽんぎ》からほど近い場所に位置する高級住宅地という印象が強い。しかし「麻布十番」という町域は古くからのビルや商店街や住宅地が混在する下町風情の漂う場所だ。

中学受験にそなえて帰国させられた立花は、この麻布十番に住む父方の祖父母の下で暮らしていた。中学高校は全寮制、大学時代は両親の所有する都心のマンションで過ごしたものの、財務省に入省するにあたり、距離はあるものの霞《かすみ》が関《せき》まで徒歩で通勤可能なここに戻ってきた。

二階建ての３ＬＤＫ。築四十年近い一軒家で、水回りについては暮らす前に大々的に改装した。

その後も不具合を見つけるたびこまめに手を入れているが、当時のままの昔懐かしい温かさが立花は気に入っていた。

鍵が開けられ樟に半ば抱えられるようにして玄関の中に入った立花は、くっと喉《のど》の奥で笑った。

「何がおかしいんですか？」

「初めてのときと逆だと思って」

「ああ、そうですね」

樟は応じながら立花の前にしゃがみ、靴を脱がしてくれる。

立花が一人で住むこの家に樟が初めて来たのは、既に何度も会話に上がっているように、仮歓迎会のあとだ。

今回とは逆で泥酔した樟は満足に歩けなかった。圧倒的な体格差ゆえにタクシーに乗ったものの、突然に我に返ったのか多摩《たま》地区にある官舎まで帰ろうとした。

それをなんとかなだめすかして家に引きずり込んだが、一瞬戻った樟の理性はそこで途切れたらしい。

「和室で、着替え途中で寝てる君を見たときは驚いた。君は俺より長身だと思ったけれど、いざ横になったら思っていたよりも長くて驚いた」

「長いって……鰻《うなぎ》か何かみたいですね」

「鰻」

自分で言っておいて、立花は「長い」という形容がツボに嵌《はま》っていた。さらに「鰻」と言われて笑いが我慢できなくなった。

「確かに……あのときの君は、長かったし鰻みたいだった」

「楽しそうで何よりです」

両足の靴を脱がせた樟は自分も靴を脱ぎ、今度は中に入って背後から立花の脇《わき》に手を差し入れてきた。

「立てますか?」

「もちろん立てる」

樟の手に頼らず膝《ひざ》を立てようとするが、足に力が入らなかった。

よろめいた体は、そのまま樟の胸に抱えられる格好となった。驚くほど自然なその体勢に狼狽《うろた》えたのは立花だけではない。樟もまた一瞬立花の両肩を強く抱えたものの、状況を把握して指から力を抜いた。

「危ないです、よ」

しかし立花はそんな樟の手を摑《つか》み、自分の肩に再び導く。

「立花さん」

及び腰の樟を誘うべく、立花は瞼《まぶた》を閉じる。それを合図に、樟はゆっくり覆《おお》い被《かぶ》さるように、自分の唇を立花の唇に近づけてきた。

肉厚な樟の唇が重なった瞬間、立花は咄嗟《とっさ》に体に力を込めた。すぐに素知らぬふりを装い力を抜こうとするが、触れ合った部分から立花の反応は樟に伝わってしまっている。

もしかしたら、すぐにキスをやめてしまうかもしれないと心配した。だがさすがにこの状況から逃げ出すほど、樟は子どもではない。

むしろ逃げてほしかったのは立花のほうだ。

自宅に帰るという樟を、半ば無理矢理連れてきた上に、キスも立花が望み仕掛けたようなもの。それでもいざ樟が本気を出すと、恋愛初心者である立花は何をどうしたらいいのかわからなくなってしまう。

それこそ歓迎会の場で、無邪気に笑う樟の表情を見て、無意識に可愛いと思ってしまった自分に困惑したほどだ。

（当然じゃないか。俺も樟も三十代だ。十分すぎるほど大人で互いに職場ではエリートと称されている。それなのに、いい年した俺がいい年した同じ男が笑うのを見て可愛いと思

うのは、どう見たって変だ)

改めて客観視してみると、穴があったら入りたいほどに恥ずかしい反応だ。

でも樟と再会してからというもの、そんな恥ずかしい己の反応に、日々立花は驚かされている。

樟のことを知れば知るほど、樟とのつき合いが深くなればなるほど、もっと樟を知りたいと思うのと同時に、もっと新しい自分にも出会いたいと思ってしまう。

樟は自分の何に惹《ひ》かれたのか。どこを好きになったのか。それを樟はどう感じているのか。

これまで欠如していた感情や感覚が、樟のおかげで新しく生まれているのが自分でもわかる。

「立花さん……好きです」

口づけの合間に告げられる甘い告白に、立花は小さく頷《うなず》くだけで精いっぱいだった。

最初のうち、どこか遠慮がちだったキスが、繰り返しているうちに濃厚なものへと変化していく。

唇の間から侵入してきた舌が自分の舌に触れた瞬間、立花の全身に震えが走り抜けた。

無意識に逃げようとする立花の舌に、樟は舌をすぐに絡みつかせてくる。

樟とのキスで初めて、立花は本当のキスを知ったような気がしている。

濃厚で甘くて淫靡《いんび》で扇情的な、明らかに前戯としか言えないキスを、これまでにしたことはない。

濡《ぬ》れた他人の唇や舌に、触れたいと思ったことはない。唇を食《は》み、相手の舌と絡ませ、互いの口腔《こうこう》を味わう。舌の小さな突起の感触に背筋が震えたことも、流れ込んでくる唾液《だえき》を甘いと思ったこともない。

深くなる重なりに額の奥がつんとしたり、より深く舌を絡めたいと思ったこともない。

口づけが深くなるにつれて、相手の体に触れたいと強く思うこともなかった。

(気持ちいい……)

唇を重ねているだけでも、上下の唇を食むのも、舌を絡ませるのも、何もかもが気持ちがいい。

特に好きなのは、舌を吸われる行為だ。

三度目のキスまでは覚えていた。しかし樟の家でセックスしたあの日以降、数えなくなった。数えられないほどのキスを交わすようになったからだ。

とはいえ、当たり前の恋人たちがするように、自然に唇を重ねることはいまだできない。互いに互いを意識し尽くしてやっと、二人だけの場所になってからようやく唇を寄せていくのが精いっぱいだった。

舌を吸われたのは、先週の週末だ。

舌を絡め合っているうちに樟の口腔内に導かれ、ずっと音を立てて吸われた瞬間、「食べられる」と思った。そしてあろうことか、食べられたいと思ってしまった。

軽く舌に歯を立てられ甘噛《あまが》みされると、腰の奥に小さな疼《うず》きが生まれた。決して嗜虐《しぎゃく》趣味があるわけではない。樟のそれはあくまで愛撫《あいぶ》であり、むず痒《がゆ》い程度の刺激しか生んでいない。

「食べられる」というのは性的な意味合いだ。

いわば食も「欲」のひとつだ。食べるという行為の持つ色っぽさや淫靡さは、セックスにどこか通じるものがある。

樟とこうなるまで、立花がひたすら食に欲望のすべてを懸けていた理由も、ある意味当然だったかもしれない。

かといって、食への欲求が治まっているわけではない。むしろ樟という食の同志が現れたことで、さらに増しているように思う。

もしかしたら食に対しても性に対しても、淡白なわけではなく、ただ抑制していただけなのかもしれない。

そう思ったら羞恥《しゅうち》が急に増したせいで、つい身を引いてしまう。

樟はそんな立花の体を、もつれ合うように口づけながら辿り着いていたリビングのソファに押し倒してくる。

窓を閉め切っていたせいで、蒸した部屋の中では何もしなくても汗が滲《にじ》んでくる。

肩を大きく上下させながら、ネクタイの結び目に指を入れて外す樟の仕種《しぐさ》から、濃厚な艶《つや》が溢《あふ》れてくる。

滴り落ちる汗と荒い息遣いが、樟の興奮の度合いを示しているように思えた。

部屋の照明を点《つ》けることなく、窓から射《さ》し込《こ》む月明かりに照らされた樟の雄々しい姿に、疼く立花の胸にも大きな手が伸びてくる。

ネクタイが緩められ、シャツのボタンが外される。

キスは数え切れないほど交わしたのに、体を繋《つな》いだのはあの日以来一度もない。

立花が拒んでいるわけではない。むしろ、勢いでしたわけではないのだと確めたいと思っている。だから今日はという思いが消えない。

かといって、セックスという行為自体、あれが初めてだったわけではない。

にもかかわらず、いざとなったらまるで初めてのときを迎える少女の如《ごと》く、微かな不安に怯《おび》えている己に、立花は驚きを覚えていた。

そんなはずではなかった——などと言うつもりは毛頭ない。最初から今夜はセックスすることになるだろうと思っていた。

だがいざとなると何をどうすればいいのかわからなくなる。

キスだけでこんなに感じている。

気持ちよさに声が上がり体が疼いている。

優しく手で体を撫《な》でられるのも心地よい。

珍しく、少々酔いが回っているせいもあるだろう。本格的な夏に近づいてきて、蒸した部屋の中、火照った体が熱い。

汗ばんだ肌の感触がもどかしい。

衣擦《きぬず》れの音。

耳元で聞こえる吐息。

こめかみ辺りで響く己の脈動。

(手、どこへやったらいいんだ……)

手の行き場に困っていたら、樟がその手を摑んで己の口元へ運んでいく。そして人差し指に舌を伸ばしてきた。

ぺろりと嘗《な》められると、ざらついた舌の感触が皮膚を伝って全身に広がる。

「ん……」

第二関節、さらにはつけ根まで嘗めてから、改めて指先を口に含み口腔内で舌を使って嘗めてくる。

キスしていたときと同じ巧みな舌の動きに翻弄《ほんろう》される。

指の数も、一本から二本に増やされ、ぴちゃぴちゃという水音を立てながらたっぷり嘗められる。

指先から垂れる唾液を追いかけ、樟の唇が肘《ひじ》へ滑り、そこから開いたシャツの胸元へ下りた。

鎖骨に唇を押しつけられた途端、ぞわりとしたものが襲ってくる。太腿《ふともも》の内側がざわめき無意識に擦り合わせようと腰を捩《よじ》ったとき、そこへ樟の手が伸びてくる。

「………っ」

不意をつかれたせいで、自分でも驚くぐらい反応してしまった。多分、そんな立花につられたのだろう。腕の動きを止めた樟と、視線が合ってしまう。

「あ……」

(なんだ、この気まずさは)

様々な経験値の低い立花は、こういう場で口にすべき甘い言葉も気の利いた台詞《せりふ》も知らない。

ただ自分に覆い被さった樟の顔を凝視することしかできない。

(明かりが点いてなくてよかった……)

絶対に今自分は真っ赤だ。十代の少女なら、「恥ずかしい」と言って相手の胸に顔を埋《うず》めればいいのかもしれない。だが自分のそんな姿を想像するだけで、遠い目をしたくなってしまう。

（早くなんとかしてくれ）

そう思ってぎゅっと瞼を閉じたのとほぼ同時に、体の上にあった樟の重みと温《ぬく》もりがなくなってしまう。

「酔い、覚めたみたいですね」

「え」

予想しなかった樟の反応に、立花は驚いて目を見開く。

「シャワー浴びてきたらどうですか」

体の向きを変えてソファに座り直した樟は、状況がわからず横たわっていた立花が起き上がるのを手伝ってくれる。

「樟」

「この部屋、暑いですね」

立花が伸ばす手から逃れるように、樟は立ち上がって窓の前へ移動する。

窓を開けても、湿気を含んだ風が入ってくるだけだ。

「窓を開けてもあまり涼しくならないのか……エアコンはないんですか？」

「二年前に壊れたままだ。代わりに冷風扇が台所にある」

「それだと真夏は大変でしょう」

笑いながらどこか他人事《ひとごと》のように言われて、立花は唇をぎゅっと嚙む。

それから、樟が引っ越してくるなら、一緒に買いに行こうと思っていたのだ、という言葉を呑《の》み込《こ》んで浴室へ向かう。

熱い湯を浴びながら、立花は排水口へ向かって流れていく湯を眺めていた。

「何が、『それだと真夏は大変でしょう』だ」

樟がどういうつもりで言ったかわからず、どうしようもない苛立《いらだ》ちを覚えた。

「一緒に暮らすつもりじゃなかったのか」

疑問は声となって口を吐《つ》く。

自分は本気で樟を誘った。そのつもりで準備を始めている。でも樟は違うのか。あのときは立花に合わせただけだったのか。

考え始めると止まらなくなる。

立花は世間的にはいわゆるバツイチだ。

でもその結婚は形だけのもので、結婚相手とは夫婦生活を営んではいない。厳密に言えば、入籍自体していないため戸籍は綺麗《きれい》なままだ。

だがあのとき周囲の人間は、誰もが立花は実際に結婚したと思い込んでいた。

元妻は大学時代の同級生の高萩香帆《たかはぎかほ》という女性で、現役裁判官として日本の正義を司《つかさど》る立場にある。その仕事の性格上、ほぼ三年ごとの異動、転勤があるため、今は名古屋の裁判所で仕事をしているらしい。

だが実家が都内にあるため、帰省する際や法務省への出張があれば昼食をともに摂《と》るという、友達の少ない立花にとって稀《まれ》な存在だ。

もちろん、その関係が高萩の広い心ゆえに成り立っていることを、立花はよく知っている。

二人の結婚は互いに割り切った上での「偽装」というよりは「契約」に成り立っていたことは間違いない。

大手商社の重役の父を持つ、親の誉れ高き一人娘の高萩は、結婚など到底意識しない小学生の頃から、「いい大学を出ていい会社に勤める男と結婚せねばならない」というプレッシャーを感じていたらしい。

特に旧家の家柄出身ではなかったものの、比較的「一般的」な考えの両親は、女は手に職を持つべきではないという考えを持っていたらしい。

そのくせ、いい大学に進めと口うるさく言われ、いざ実際国立最高峰の大学に受かれば、そんな大学を出たら嫁の行き先に困るとぼやかれたそうだ。

『旧態依然とはまさにこのことだ』

学籍番号が近かった、細身で長身で髪はショートで化粧っ気のない高萩とは、立花はかなり初期の頃は多少言葉を交わすにすぎない関係だった。

子どもの頃、長く海外で生活していたせいで、どこか素っ気ないというか朴訥《ぼくとつ》とした喋《しゃべ》り方で、あまり女を感じさせない。

中高と男子校で過ごしていた立花にとって、そんなところも高萩を好ましく思った点だ。

そんな高萩と将来の話をした際に、半ば愚痴のように聞かされたことがある。

『結婚したくないわけではない。ただ自分のしたいことを認めてくれる人でないと無理』

親の縛りのみならず、相手への条件も厳しい。裁判官を目指す高萩にとっては当然の条件だったが、妻の転勤を許容する夫がどの程度いるか。

立花は立花で、高萩ほどではないにせよ、将来的な問題を憂いてはいた。

出世に興味はなくとも、ある程度の年齢になれば嫌でも結婚の話題が出てくる。そしてお節介な輩《やから》が相手を紹介しようとするだろう。

独身を貫くのが無理なわけではない。だがそれに伴う面倒を考えるとうんざりした。

結婚以前に、立花は自分ほど恋愛に向かない人間もいないだろうと思っている。

人間にとっての三大欲求は、『食欲』『睡眠欲』『性欲』と言われる。この中で立花という人間にとって最も大切なのは、とにかく『食欲』だと思っていた。

睡眠時間は短くてもまったく問題なく、性欲は淡白なほうだ。女性との恋愛経験についてはゼロと言ってもいい。

とはいえ、好ましいと思った女性がいないわけではない。恋愛を排除した女性経験は多少ある。だが、童貞を捨てたときの記憶も曖昧《あいまい》になっているぐらいの有り様だ。さらに言えば、数少ない自慰をするとき、頭に思い描くのは女性の体ではない。

己の性癖について分類するのはよしとしない。それでもあえて分類するのであれば、ゲイよりのバイだろうと思う。学生時代の多感な時期、男ばかりの中で過ごしてきたことや、彼らとの日々の居心地のよさが多分に影響しているだろう。

ワンエイスゆえか、少々端整と言われる容貌《ようぼう》のせいで、男女問わず恋愛の対象にされ続けた経験も影響するかもしれない。

とにかく結婚はもちろん、恋愛に対する己の将来図が描けずにいた立花にとって、高萩の存在は大きかった。

立花にとって高萩は、偽装だろうとも結婚してもいい相手だったのだ。

最初に偽装結婚を申し出たとき、高萩は立花に対して思い切り怪訝な視線を向けてきた。

『何を言っているんだ、この男は』

心の言葉を表すならこんな台詞だろう。

同じ大学の同じ学部には、自分を含めて変わった人間が多い。その中でも高萩の中で立花はかなり特殊な人間に分類されていたらしい。

それでも、まさかの偽装結婚を提案するほどではないと思っていた。だから当然、冗談だと流していた。が、立花は真剣だった。

自分から提案しておいてなんだが、立花はかなり素晴らしいアイデアだと自負していた。

独身、未婚だと、ある程度の年齢までずっと結婚について言われる。しかし一度でも結婚していれば、たとえ一年で離婚したとしても、不思議なほどその声が止《や》むらしいのだ。

そんな利点について訴え続けた結果、高萩は立花の提案を受け入れることにした。

高萩が司法修習へ向かう前に互いの家族で顔合わせを行ったものの、式はなし。手続きが面倒ということで、入籍はしない。当然同居もなし。そしてあらかじめ、一年後に「生活のすれ違い」を理由に離婚することが決まっていた。

結婚してからは、高萩が司法修習に入ったため、何度か食事を一緒にしただけだ。体の関係はない。

だから離婚も、立花にとって予定どおりの出来事にすぎなかった。高萩との関係も変わらないものだと思っていた。

だが高萩は違った。偽装だろうと、結婚してもいいほど立花のことが好きだったと、離婚についての話し合いの場で打ち明けてきた。

その段階で、まだ立花は高萩の言わんとしていることがわかっていなかった。

もちろん立花も高萩のことが好きだった。女性でこれほどまでに信頼している相手はいない。偽装だろうとも、夫婦と言われて嫌だと思わない相手は高萩だけだった。しかし立花の返答に高萩は悲しそうに笑った。

『でもそれは、女としてじゃない。きっと斎樹《いつき》は、恋愛感情が欠如しているんだね。それがわからなかった私が悪い。ごめん』

しばらくの間、最後の謝罪の言葉が立花の鼓膜にこびりついていた。

何がごめんなのか。恋愛感情が欠如しているとはどういう意味か。高萩に指摘されても、立花はわからなかった。ただ淡白なだけで、欠如しているわけではない。己の中にある欲は、食欲に大半を占められているだけにすぎない。

自分で自分にそう言い訳しながら、三十六歳になっていた。誰も触れないから忘れていた。気づかないふりをしていた。

その事実に気づかせてくれたのが樟だ。

学生時代以来の再会を果たしたときには、樟の存在は立花の中でさほど重要な部分を占めていなかった。二人の最初の接点である、立花たちの母校の体育祭の記憶も、樟に言われてかろうじて微かに蘇《よみがえ》った程度だ。

大学生の頃に至っては、どんな場面で出会っていたかもまったく覚えていない。覚えていないいない。

もちろん、そんなことぐらいで自分を追いかけてきた樟に驚いた。覚えていないなら、新たに認識させようとする、樟の不遜な態度に苛立ちを覚えた。

それでも最悪、同じ部署で働かざるを得なくなったとしても、仕事さえできれば人間性などどうでもいいと割り切っていた。

勝手に自分に憧《あこが》れ追いかけてきただけだ。期待していた姿と違ったとしても、立花のせいではないし罪悪感も生まれない。

何しろ自分は感情が欠如しているのだから、他人の気持ちがわからなくて当然だ。

高荻の別れのときの言葉を逆手にとって、開き直っていた。これまでもこの先も変わらないつもりでいた。樟が何を言おうと、自分には関係ないと言い聞かせていた。

それなのに、強引なほど押してきていた樟が身を引こうとしていると知ったとき、どうしようもないほど心が揺さぶられた。

自分でも制御できない感情に翻弄され苛立ち、そしてようやく理解した。

樟に惹《ひ》かれていることに。

樟の一挙手一投足に振り回されるのも、彼の言葉のひとつひとつが気になるのもすべて、樟のことが好きだからなのだ。

片桐や同じく中学時代からの親友に対しても抱いたことのない強い想《おも》いは、まさに激情と呼ぶに相応《ふさわ》しい感情だった。

でもまだこの段階で、恋愛感情なのだと認められずにいた。

しかし風邪をこじらせ仕事を休んでいた樟を見舞いに行ったその部屋で、初めて二人は体を繋いだ。

唯我独尊《ゆいがどくそん》、他人に対する興味などなく、周囲には自分のことを理解する人のみで過ごしてきた立花にとって、親族以外の誰かの「見舞い」に行くことは一大イベントだった。

見舞いに行くまでにも色々あったが、とにかく顔を見たい気持ちが勝った。そして勇気を振り絞って樟の部屋を訪れたのだが、そこでまたひと悶着《もんちゃく》あった。立花が、樟の妹を彼女と勘違いしたがゆえに起きたが、これによって立花は、己の樟に対する気持ちを認めざるを得なくなった。

樟が、好きなのだということを。

あのときの立花は完全に冷静さを失っていた。

自分のことを好きだと言いながら、樟には病気のときに面倒を見てくれる「女性」がいる。その事実に、自分でも驚くほどの衝撃を覚え嫉妬《しっと》に駆られて、何がなんだかわからなくなった。

今思い出しても赤面ものだが、あの出来事がなければ、二人の関係がどうなっていたかわからない。

己の勘違いに気づいて動揺する立花と、立花の本心を知った樟の対比も、傍《はた》から見たらお笑いだったかもしれない。

そこからのことは、実は曖昧にしか覚えていない。

立花は海外生活を送っている間に、自衛のため空手を会得している。だから体格差があろうとも、同じ男である樟に組み敷かれても、抗《あらが》えないことはない。

それでもあのとき、樟に押さえ込まれても逃れなかったのは自分も望んでいたからだ。

それでも立花はまだ自分の気持ちに気づけていなかった。

『試してみませんか、俺のことが好きかどうか』

恋愛経験も性経験も未熟な立花にとって、樟の提案はかなりハードルが高かった。密着した状態で男の体に触れる。そして自分にも触れられる。

それまでにも、キスはしていた。体にも触れられながら先に進まなかったのは、立花の気持ちを樟が図りかねていたからだ。

強気に押すと言いながら、立花を好きすぎた樟は、好きすぎるがゆえに嫌われるかもしれない手段には出られなかったのだ。

好きだからこそ。

自分以外の誰かをそこまで想える樟が羨《うらや》ましくて愛《いと》しかった。そこまで樟に愛されている自分なら、欠陥人間ではないかもしれないと思えた。

家族との縁がないわけではない。ただ、この先伴侶《はんりょ》を持つことなく一人で生きていくのだと思っていた。そのことになんの疑問も抱いていなかったし、当然のことと思っていた。

だが樟と日々を過ごすことで、立花は人の温もりに気づいてしまった。一人で生きられないわけではない。ただ誰かと一緒に過ごす悦《よろこ》びを知ってしまった。

ひとりで寝てひとりで起きてひとりで食事する。これまで当たり前だった日常に違和感を覚え始めた。

だから立花は己の気持ちを自覚すると同時に、樟に言ったのだ。

『俺の家に来い』――と。

『俺は食事を作る。君は掃除と洗濯を担当する。家賃は不要だ』

食費光熱費は半額負担。

樟には年の離れた、かつ父親の違う弟妹がいる。樟の本当の父親は、小学生のときに母親と離婚しているらしい。栃木《とちぎ》に住む祖父母、母、さらには大学生の弟妹に仕送りをしているため、できるだけ家賃を抑えるべく東京都下の官舎に住んでいた。

この先、『危機対策準備室』が本格的に稼働し始めれば、残業は当たり前になるだろう。経済会議の前には、連日深夜まで職場に詰めることになる。

元々数少ない精鋭メンバーで成り立っている部署だ。よりよい状態で仕事をするためにも、通勤時間は短いほうがいい。

でもそんな理由は単なる口実だ。

ただ立花は、樟と一緒に時間を過ごしてみたいと思ったのだ。

それこそ、恋愛については初心者マークもいいところの状態で、日々何をして過ごせばいいかもわからない。だがとにかく「一緒にいたい」と思う気持ちは強い。

樟も立花と同じ気持ちでいてくれたのだろう。

『俺、幸せです。ずっとずっと立花さんのことが好きで、一緒の職場で働けるようになっただけで幸せだったのに、見舞いに来てもらえた上にセックスできて』

ストレートに自分の喜びを口にした。

『その上、一緒に暮らそうと思ってもらえるなんて……俺、このまま死ぬんじゃないだろうか』

そんな物騒な発想をするほどに喜んでくれた。だから翌週にでもすぐに引っ越してくるかもしれないと立花は予測していた。

ランチのときも、終業後に一緒に飲みに行くときにも触れてこないが、「あえて」なんだと思っていた。

だから物置と化していた和室の片づけを始めたのだ。

元々掃除が苦手で片づけも嫌いだ。それでも樟が暮らすためならと、立花にしてはあり得ないほど頑張ったのだ。

　さすがに具体的に引っ越しの話になっていないのに、合《あ》い鍵《かぎ》を渡すのもなんだと思って我慢した。しかし予備の鍵の隠し場所は教えてある。その気になれば立花が不在でも、樟が家に入ることはできるのだ。いつでも荷物を運び入れられる。

（それなのに……っ）

　本気で樟は来るつもりがあるのか。

　再び蘇る先週の記憶に苛立ちつつ、シャワーのコックを捻《ひね》って湯を止めると、立花は犬のようにぶるっと頭を振った。

　タオルで全身を拭《ぬぐ》い、パジャマ代わりのTシャツとスウェット姿でリビングに戻る。

「樟。風呂《ふろ》、上がった……」

　髪を拭いながら声を掛けるが、煌々《こうこう》と明かりの点いたリビングには姿がない。

「もしかして……」

　ふと和室に目を向けると予感は的中した。和室の入り口から長い腕がにょきっと顔を覗《のぞ》かせている。

（うちに初めて来たときと逆じゃないか）

　あのとき、リビングから見えたのは樟の足だった。今日はどういう状況だったのか、頭がこちら側に向いているようだ。

足音をできるだけさせず頭の横に移動すると、しゃがみ込んで樟の顔を覗き込む。

(寝てるし……)

頰《ほお》に指を押し当ててみるが目を覚ます気配はない。

(もしかして、結構限界だったのか?)

通常は立花のほうが絶対的にアルコールに強い。しかし今日は立花が酔ったために、樟は必死に我慢していたのかもしれない。だが立花が風呂に入れるほど回復したのを見て、気が緩んだのだろう。

前回よりマシなのは、とりあえず樟用のルームウェアに着替えているところだ。

だがここが限界だったのだろう。

ハンガーを手にしたうつ伏せの状態で爆睡しているのだ。

「どういうつもりなんだ、君は」

明らかに先週に引き続き今週も、立花の家に来るつもりはなかったようだ。

乾ききっていない髪から水滴がぽたりと樟の額に落ちた。条件反射のようにか、眉間《みけん》に皺《しわ》を寄せたものの、目覚めはしなかった。

「浮かれていたのは俺だけだったのか?」

幸せそうな寝顔を眺めて、ぼそりと立花は呟《つぶや》いた。

3

ガーガーという騒々しい音に、深い眠りの淵《ふち》から引きずりだされた立花《たちばな》の目覚めは最悪だった。

いまだ慣れないものの、この音が近所の工事の音ではなく掃除機をかける音だということは認識している。

「……何時だ？」

ベッドの上に置いてある目覚まし時計に手を伸ばして時間を確認すると、十時を回ったところだ。視線を上へ向けた途端、頭を鈍い痛みが襲ってきた。立花は眉間《みけん》に深い皺《しわ》を刻み、うつ伏せのまま枕に突《つ》っ伏《ぷ》す。

「サイアク……」

二日酔いだ。

立花はかなり酒に強い。多少酔ったと思うことはあっても、昨日のような状態になるのは初めてかもしれない。

二軒目に行けば終電に間に合うか否かぎりぎりになるのはわかっていた。

『うちに泊まるのに理由がいるなら、酔っ払えばいいと言ったんだ』

あのとき立花は樟《くすのき》をそう唆《そそのか》した。

樟は片桐《かたぎり》の顔を立てるためにも、さらには立花の手前もあって二軒目には来ても、一杯飲んで帰るつもりでいたのだろうと思う。

当然、片桐も立花も、一杯で許すつもりはない。だから片桐は「奢《おご》るから」とかなり無理矢理飲ませようとしていたが、樟は頑《かたく》なに拒み続けた。

その様子を見て、樟を酔わせるのは難しいと判断した。

ならば自分が酔えばいいのかと思いついた。

ただあいにく、立花はかなり酒に強い。だから酔っているふりをするつもりでいた。

しかし。

『最初のうちは酔ったふりだったんだろうが、本当に酔ったらしいな。まあ、疲れが出たんだろう。実質的なリーダーはこいつだし、こう見えて責任感も強いからな』

別れ際、片桐が樟に伝えていた言葉を覚えている。

当人にそんなつもりは毛頭ない。だが実際に酔ってしまったということは、片桐の言うとおり、無意識のうちに疲れがたまっていたのかもしれない。

ぎゅっと目を閉じてそのままでいると、掃除機の音が止《や》んでその代わりに、とんとんと階段をリズムよく上ってくる音が聞こえた。

そして扉がノックされる。

「立花さん、おはようございます。起きてますか?」

こちらの様子をうかがいながらの樟の声は爽《さわ》やかだ。でも今日のような朝には憎らしく思える。

「立花さん?」

返事をしないでいると、そっと扉が押し開かれるのがわかる。

二階にある二部屋のうち、一部屋を書斎に使用している。書斎とはいえ購入した本や雑誌のほとんどは一階の和室に置きっ放しのため、今はほぼクローゼット代わりになっている。そして寝室に使用している部屋の中央には、キングサイズのベッドが鎮座している。

樟は扉を開けたものの、中まで入ってくるつもりはないらしい。

何しろ相手は樟だ。

「うちに来い」「わかりました」の話の直後だったら、寝込みを襲いに来たのかと焦るところだ。しかしそうでないことは昨夜の状況からも明白だった。

もちろん実際に寝込みを襲われたら困るのは立花のほうなのだが、いざ何もされないと思うと、なんとなくもやもやする。

「――――なんの用だ」

狸寝入《たぬきねい》りを決め込もうかとも思ったが、面倒なだけだと思って返事をしてみるものの、自分の声が頭に響いた。

「朝飯作ったんです。一緒に食べませんか？」

「――飯？」

（頭、痛い）

「俺が作ったんで、たいした物じゃないですけど、一人で食べるより二人で食べるほうが美味《おい》しいと思ったんで」

入り口に立っていた樟は、枕に頭を埋《うず》めたまま顔を上げようとしない立花の様子に何か察したらしい。

「立花さん、大丈夫ですか？」

声が近づいてくる。

「――別に」

「別にって声じゃないです」

ふわりと漂うのが、立花と同じシャンプーの匂《にお》いだと気づき、顔を少しだけ横に向けて薄目を開くと、樟は枕元にしゃがみ込んで立花の顔を覗《のぞ》いていた。

（な……）

樟の顔が、睫毛《まつげ》が触れそうな、吐息の掠《かす》める距離にある。驚いて勢いよく起き上がった途端、鈍い痛みが頭を襲ってきた。

「……痛っ」

そのまま枕に沈む立花の頭に、樟は優しく手を置いてきた。

「二日酔いですか？」

この状態で誤魔化《ごまか》せるわけもなく、仕方なしに立花は頭にある手から逃れずに小さく頷《うなず》いた。

「気持ち悪くはないですか。体のだるさとか」

「それはない」

「でしたら、少しでも何か食べてしっかり水分を摂《と》ってから、薬を飲んだほうがいいです。あくまで俺の経験ですが」

穏やかな樟の口調と優しく頭を撫《な》でられることで、不思議なことに痛みが引いていくような気がした。


もちろん、あくまで「気がした」だけで、実際に起き上がると鈍い痛みが広がった。それでも樟に促されるままに起きて階下へ向かうと、味噌汁《みそしる》の匂いが漂ってきた。

窓を全開にして冷風扇を回しているせいか、昨夜よりはマシだった。

甲斐甲斐《かいがい》しく樟は立花を席に座らせてから、まずコップにミネラルウォーターを注いだ。しじみの味噌汁、白いご飯、それから納豆に冷ややっこと漬物の盛り合わせが食卓に並べられる。

ちなみに樟は、立花と同じくTシャツとスウェットパンツ姿だ。

「偉そうなこと言いましたが、ご飯を炊いて葱《ねぎ》を切って冷蔵庫にあった物を並べただけです。味噌汁はさっきコンビニで買ったインスタントです」

朝食の用意をするその前に買い物に行って掃除までしたのか。

「いただきます」

「どうぞ」

顔の前で手を合わせてから味噌汁椀《わん》を手にして一口含むと、水とは別に体に滲《し》みていく。

「……美味《うま》い」

「ですよね！」

立花の様子をうかがっていた樟は、身を乗り出してきた。が、その声が響いて咄嗟《とっさ》に立花が頭に手をやるのを見て、慌てて肩を竦《すく》めて「ごめんなさい」と謝った。

「俺も二日酔いの朝、もう水すら飲みたくない状態でも、しじみの味噌汁を飲んだ瞬間、頭がすっきりするような気がするんですよ。立花さんみたいに、ちゃんと自分で味噌汁作れればいいんですけど、そんな余裕も腕もないんでインスタントばっかりですが」

立花に影響がないようにと小声で続ける。

「オルニチンが肝臓にいいというな」

知識としてはあっても、実際に試したことはない。何しろ立花は「ザル」で、これまで酔ったとしても多少足がふらつく程度で、二日酔いになったことがないからだ。

「——立花さんは、昨夜《ゆうべ》の記憶はありますか?」

立花はゆっくり顔を上げる。向かい合わせの席に座っていた樟の顔を真正面から見ると、さりげなく視線を逸《そ》らされる。

なんだろうかと胸元に視線を落として理解する。寝ていたときのままの格好のせいで、緩んだ胸元がだらしなく大きく下がっていたのだ。

今さら着替えに戻るのもなんだしと、気づかないふりをすることにした。

「もちろん」

「——すみません」

当然のように応じた立花に向かって樟は頭を下げてきた。樟の旋毛《つむじ》を眺めつつ、「なんで謝る?」と返す。

「謝る必要があるのは俺のほうだろう。早く帰るつもりだった君を二次会まで引きずり込んだ上に、ここまで送らせたんだから」

淡々と食事をしつつ、樟に向けた言葉には明確な棘《とげ》を混ぜた。樟が立花の意図に気づいたかどうかは知らないが、再度「すみません」と謝ってくる。

「まさか江戸川橋《えどがわばし》で見かけられるなんて……」

立花は箸《はし》を止める。

「余計な勘繰りをされないよう、わざと職場を別々に出たのに……」

「ああ」

謝罪の理由が判明する。

樟はこれまで、立花と同じ職場で働きたいと公言し、立花のランチの場所まで把握するというストーカーぶりを発揮していた。それなのに先週末、飲みに行くとき、別行動をとると言い出した。

理由は、『一緒にいるところを見られないため』。

当然前の週のことがあった上だから、泊まりに来るものだと思っていたのに、樟は何も言い出さない。しびれを切らした立花が和室の掃除を口実にやっと、泊まりに来ることも承諾させたのだ。

ちなみに榎木《えのき》が二人を見かけたのは、江戸川橋にあるホテルで開催されているイベントに参加したときだった。たまたま樟がチケットをもらったとのことで二人で参加したのだが、当然目的地までは別々に移動した。

だがまさか榎木に見られるとは思いもしなかった。

用心したにもかかわらず、人に、それも同じ部署の人間に見られていたという事実が、樟にはショックだったのだろう。

樟の立花への想《おも》いは部署の誰もが知っている。そして立花自身が樟を認めたことも知っている。だからといって、二人の間で何が起きたかまでは知る由もない。

かえって過剰に反応するほうがおかしいと立花は思う。でも樟は違うらしい。

「別に気にすることはない。余計な勘繰りをする奴《やつ》なんていないから」

そんな樟を安心させたくて、立花はわざと素っ気なく言った。だが樟には、予想以上に冷ややかに聞こえたのかもしれない。

「……確かに、そう、ですよね。誰も立花さんが、俺のことを本気で受け入れるなんて思うわけがないですよね」

あきらかに沈みきった声で言われて、立花は慌てた。

「そういう話をしてるわけじゃなく……」

「いえ、いいんです」

言い訳しようとする立花の言葉を樟は強引に遮ってくる。

「仕事は仕事、プライベートはプライベートですから、立花さんはこれまでどおりでいてください。俺が気をつければ済む話です。大丈夫です」

「大丈夫って何が……」

「昨日の話はこれで終わりにします。それより、片桐さんは無事に帰れたんでしょうか」

勝手に話を完結させた上に、話題を無理矢理変えてきた。自分で完結させている樟に苛《いら》立《だ》ちを覚えつつ、立花はあえて突っ込むのをやめる。ひとつの綻《ほころ》びを指摘したら、とことん話が突き進んでしまいかねない。だが今は二日酔いゆえに、そこまでの気力がない。

(万全の状態だったら容赦しないところだ)

「あの人のことは気にしなくて平気だ。大学生の頃は、六本木《ろっぽんぎ》の歩道で寝ていることなんて日常だったから」

「六本木の？　今それをやったら一大事ですね」

立花が話を合わせてきたことに、樟はほっとしたらしい。

食事を終えるのを見計らって、薬を用意してくれた。そのあとソファで横たわっていると、戻ってきた樟が聞いてきた。

「そういえば昨日のシャツ、洗濯に出されてますか？」

「シャツ？」

「醤油《しょうゆ》が飛んで染みができたじゃないですか。あのシャツです。朝起きてから風呂《ふろ》を借りたんで、洗濯してしまおうと思って」

「ああ……」

すっかり忘れていた。

「寝る前に風呂入ったから洗濯機にいれたはずだ」

「わかりました。じゃあ、洗濯しますから、その間、もうひと眠りしてください。上に行きますか」

「いや」

立花は小さく首を振ってから、思い立って和室を覗く。そこには立花が使っていた布団が畳んだ状態で部屋の隅に置いたままだった。

「ここで寝る」

「え?」

驚きの声を上げる樟を無視して、布団を広げてそこに横たわる。

「洗濯物を干すのに出入りするので、うるさくなりますが……」

「気にするな。俺は平気だから、昼になったら起こしてくれ」

心配そうな樟に背を向けてタオルケットの中に潜り込む。

「平気って言われても気になります」

樟はしばしぶつぶつ言っていたが、立花がてこでも動かないつもりだとわかって諦《あきら》めたようだ。タオルケットを下ろして、立花は部屋を出ていく樟の背中を見送った。

目を閉じると、洗濯機の回る音と家の中を歩く樟の足音が聞こえてくる。さらに樟の匂いに包まれる。

（人の気配……）

柔らかなその雰囲気に、懐かしい記憶が蘇《よみがえ》ってくる。立花にとって人生の師とも言える祖母と幼い自分。立花には二階に部屋を用意されていたが、風邪を引いたときの昼間だけ、祖父母の部屋である和室に寝かされていた。

当時は冷房などなくて、扇風機もリビングに置かれていた。だから夏でも窓を開けるぐらいだった。

それでも今ほどに暑くなかったように思う。布団に寝ている立花の横で、祖母が団扇《うちわ》で風を送ってくれるだけでもほっとしたものだ。

「……さん、立花さん」

名前を呼ばれているのに気づいてはっと目を開ける。

「あ……」

「そろそろ昼なので起こしましたが、大丈夫ですか？」

いつの間にかうとうとしていたらしい。

「俺、寝てたか？」

窓から射《さ》し込《こ》む陽射《ひざ》しが眩《まぶ》しくて顔を横へ向ける。

「今、洗濯物を干しに来たところですが、多分」

既に干し終えて空になった籠《かご》を手に樟は庭から部屋に戻ってきたところだった。目覚まし時計を見ると、寝ていたのは一時間にも満たない。

「体調はどうですか？　頭痛は治まりましたか？」

タオルケットを引《ひ》き剝《は》がし、頭に手をやった。

「薬が効いたみたいだ」

「それならよかったです。立花さん、元々お酒に強いですからね。抜けるのも早いんでしょう」

軽く汗の滲《にじ》む額を拭《ぬぐ》う樟の笑顔が眩しい。

「ところで、庭の木になってるの、梅ですよね。あれ、収穫しないんですか？」

「梅……」

額に置いていた手を退《の》ける。

庭の手入れはほとんどしていないが、祖母が住んでいた頃から、色々な木々があった。

「最近、スーパーで梅酒用の容器とか売ってるじゃないですか。立花さん、糠漬《ぬかづ》けしてたりするから、もしかして梅酒も漬けてないのかなと思っただけで」

立花は布団からゆるりと起き上がる。

「飲みたいか？」

「え？」

「梅酒。君が飲みたいと言うなら漬けてもいい」

「あ、いや、でも……」

「ただ、今仕込んだところで、飲めるのは一年後だがな」

意地悪く笑うと、樟もつられるように笑った。

「漬けたくなくなったか？」

「いえ。でも、立花さんは梅酒を漬けたことがあるんですか？」

「数年前は毎年漬けていた。ここ数年は収穫するのが面倒で放置していたが。確かこの部屋の押し入れの奥に容器が置いてあったはずだが……」

「ありました」

樟がすぐに応じる。

「どこに」

「前に掃除したとき、押し入れの奥にあったのを見つけました。赤い蓋《ふた》のこのぐらいのガラスの容器ですよね」

このぐらいと樟が示した大きさは、立花が使っている五リットルの容器だ。

「それだ。あと氷砂糖とホワイトリカーがあれば。夕飯の買い出しに出たときに買ってくるか」

「夕飯……」

そこで樟が眉《まゆ》を顰《ひそ》めるが、立花は気づかずに話を続ける。

「さすがに昼飯を食べる余裕はないが、夕飯ぐらいまでには復活していると思う」

頭痛はないが、まだなんとなく胃腸は正常に動いているような感じがしない。多分、時間が解決するだろう。梅酒を漬ける準備をしていれば気も紛れそうだ。

「先週は唐揚げだったな」

立花が言うと、樟は「美味かったです」と応じる。

前にリクエストを聞いたとき、樟の口から出てきたのはハンバーグとエビフライだ。

元々の樟は子ども味覚だったらしい。

カレーライスやナポリタンも好きだと言っていたが、夕飯というよりは昼のメニューだ。

さすがにこってりした物は立花があまり食べたくない。

「そういえば、春巻きが食べたいと言ってたな」

ふと思い出す。

霞《かすみ》が関界隈《せきかいわい》の中華料理の店に行ったとき、春巻きの話になった。そこで立花が自作の春巻きの話をしたら、樟に驚かれた。

『春巻き、自分で作るんですか』と。

樟の家では餃子《ギョウザ》や春巻きは「買って」もしくは「店で」食べる物だったらしい。だから

『いつか作ってください』と言われた。

「は、はい。言いました」

それまで樟はどこか浮かない表情だったが、『春巻き』という単語で目の輝きが変わる。

「作ってくれるんですか？　出来合いじゃなく」

「一緒に作るんだ」

立花が釘《くぎ》を刺すと「俺もですか？」と驚きに目を見開いた。

「俺にだけ料理をさせて、君は何もしないつもりか？」

「もちろん、そんなつもりはないです。できることは手伝いますが、前回もただ手間を増やしただけだったので」

「そういえば、先週は片栗粉《かたくりこ》を床にぶちまけたな」

「すみません！」

いまだ鮮明な先週の出来事を口にすると、樟はがばっとその場で頭を下げてきた。

開けたばかりの片栗粉だったので、台所のフローリングの床が真っ白になった。すぐに掃除機をかけるとフィルターが目詰まりする可能性があるため、ほうきで簡単に集めてから掃除機をかけ、さらに水拭《みずぶ》きをすることになった。

「おかげで床が綺麗《きれい》になったから、謝ることじゃない」

ちなみに掃除したのは樟だ。立花も一緒にするつもりだったのだが、自分のせいだと言って譲らなかったのだ。樟が後始末をしている間に唐揚げが出来上がった。

「春巻きはそんなに粉を使わないから心配する必要はない」

「皮から作るんじゃないんですか？」

「まさか」

立花はあっさり否定する。

「もちろん皮から作れなくもないが、美味しい皮が手頃な値段で売ってるんだ。そんな便利な物を利用しない手はない」

立花は美味い物が好きだ。だが決して素材からこだわって一からすべて手作りするわけではない。外食も好きだし、スーパーなどの惣菜も利用する。冷凍食品も餃子がキープしてある。

出汁《だし》も専らパックだ。

立花にとって料理は日常で、頭のスイッチを切り替える役目も果たしている。

豪華なグランメゾンのフレンチ料理のコースを日常に食さないのと同じで、手間暇かけた豪華な料理を日常には作らない。

白いご飯、味噌汁、漬物、お浸し、煮物——特別に奇をてらわない料理を食すことで、立花は「日常」を実感する。

だがそんな日常にも多少の彩りは必要だ。自分なりのこだわりをプラスすることで、十二分の満足が得られる。

「とにかく作ってみればわかる。そんなに難しくないから、一緒にやろう」

「……はい」

「浮かない顔をしているが、食べたくないのか?」

「いえ、そんなことは」

「だったらなんでそんな顔をしてる?」

考えてみたら今も視線を逸らされている。

わざと樟の顔を下から覗き込むようにするが、今回もあからさまに視線を逸らされる。

顔の向きを変えても同じだ。

「樟」

(何を考えてるんだ)

苛立《あお》ちのままに樟の腕を摑《つか》もうとしたとき、反対に樟から両肩を摑まれてしまう。

「煽らないでください」

「煽る?」

なんの話だかわけがわからない。

「ただでさえ必死で堪えているのに、どうしてそんな風に人を試すようなことをするんですか」

「試す?」

ますます意味がわからない。だから首を傾《かし》げて樟の顔を凝視するが、この状況でも視線を逸らされる。

「本当は夕方には帰るつもりでいたのに」

「梅酒漬けるの手伝ってくれるんだろう? 今日収穫したあとアク抜きが必要だから、明日までかかる……」

「だから!」

立花の言葉を遮り、樟は正座した己の膝《ひざ》をぎゅっと摑んだ。そして視線を畳に落としたまま口を開く。

「もう、寝ないんですか?」

「あ? ああ。君と一緒に庭の梅を穫《と》ろうかと……」

「だったら着替えてきてください。そんな格好で庭に出ると、あちこち擦り傷になります」

「駄目か。この格好では」

大きく開いた襟元を指で引っ張って己の格好を眺める。

買い物に出るときには着替えるつもりだったが、庭の梅を収穫するぐらい、このままでいいと思っていた。しかし樟はそんな立花の手首を摑んできた。

目が合うと同時に、二人の顔の距離が近づいている。

（キス、される？）

漠然とそう思ったものの、立花は抗《あらが》おうとも逃げようともしなかった。蘇る昨夜の記憶とともに瞼《まぶた》を閉じる。

しかし、いつまで経《た》っても待っているものは訪れない。

うっすら瞼を開き樟の顔を見ると、唇を真一文字に引き結び何かに必死に堪えているように思えた。

「……樟？」

思わず名前を呼ぶと、その瞬間にはっと息を呑《の》み、摑んでいた立花の手を慌てて放した。

「先に庭に出てます。裏に置いてあるはしご、使っていいんですよね？」

「あ。ああ。庭の収納庫に軍手や裁ちばさみもある」

「わかりました。それじゃ、着替えたら来てください。陽射しが強いので、帽子忘れないでください」

首にタオルを掛けた樟は、まるで逃げるように立花に背を向けて和室から庭に出ていく。

目の前で閉められる網戸越しに樟の背を眺めて、立花は小さな息を吐く。

「何を考えてるんだ?」

4

「――で？」

脂ののった美味《うま》そうな鰻《うなぎ》のかば焼きを箸《はし》で摘《つま》み上《あ》げたところで、武本《たけもと》譲《ゆずる》は自分の目の前に座る立花《たちばな》に視線を向けてきた。

明るめの色にカラーリングした癖のある髪に、派手なデザインスーツを着込んでいる。場所が場所ならホストと見紛《みまが》うルックスだが、スーツの襟元には、外側に自由と正義を意味するひまわり、中央に公正と平等を追い求めるはかりを模した、弁護士バッジが光っている。

バラエティ番組やワイドショーでも活躍する武本とは長いつき合いになるが、本当にこの男が弁護士としての職務を全うしているのか、このバッジを見ても、疑問に思うことがあった。

「何が、で、だ」

学生の頃から、表に立つことを嫌い、裏で暗躍する立花とは正反対で、とにかく武本は見た目が派手な上に頭の回転も速く口も上手《うま》い。

樟《くすのき》を含めた立花たちの母校は、キリスト教系の中高一貫教育で超のつく進学校にもかかわらず、校風は自由で学生生活は自主性に任されていた。武本は高校二年のとき、そんな学校の最大のイベントである体育祭の実行委員長に就任している。ちなみに立花はそんな武本に中等部の頃から実行委員に引きずり込まれ、広告塔のような役割を押しつけられたこともある。

とにかくそんな武本が女性にモテないわけがなく、恋愛関係はかなり奔放で、学生時代から女性が途切れたことがない。

弁護士になって秘書だった女性と結婚したときには、さすがにこれで落ち着くだろうと思った。が、妻が結婚退職したあと、新しく就《つ》いた秘書と不倫の結果、離婚再婚を果たすものの、次の秘書とも浮気をしたすえ、自分は結婚に向いていないと開き直った愚か者だ。

しかし武本が誰とつき合い別れようとも、会えない期間があろうとも、立花にとってかけがえのない友人であることに変わりはない。

――が。

「だから、元草食動物、現肉食獣くんとの関係」

にやにや笑いながら、声を潜めた上であえていわくありげな呼び方で、樟のことを聞いてくる。

武本は立花と違い、三歳年下の後輩である樟のことを覚えていた。それだけでなく、立花を追いかけてきた情報もきっちり仕入れていた。

ちなみに出所は片桐《かたぎり》だ。

そしてその片桐から、事細かに話を聞いているだろうに、立花に何かと聞いてくるようになった。

それこそ好奇心丸出しな質問には辟易《へきえき》している。しかし一年先輩の片桐よりも、さらに立花に近しい立場の武本にならば、相談できることもある。

特に恋愛については、立花の遥《はる》か上をいく。

さらに先日、予定していたランチを武本の都合でキャンセルになっていた。その埋め合わせに鰻を奢《おご》ってくれるというので、食べ物につられてきた。

ちなみに当初、武本は日比谷《ひびや》にある、コストパフォーマンスに優れたサラリーマンの味方の店に行くつもりだったらしい。だが立花は当然納得するわけもない。

『大手渉外法律事務所の花形弁護士である武本先生の奢りなら、やっぱりある程度の店じゃないとな』

待ち合わせた虎《とら》ノ門《もん》交差点でタクシーに乗り込み、西新橋《にししんばし》にある創業文政十年という老舗《しにせ》へ向かった。

当然注文したのは、特上のうな重だ。丁寧に白焼きしたあとふっくら軟らかく蒸された鰻に、三度に亘《わた》ってたれをつけ焼く。

色と味に深みとテリの出た鰻は、見た目から食欲をそそる。

一口食べてその軟らかさに、小さくガッツポーズを作ったほどだ。

武本は店に着いてしばらく、なんだかんだとぼやいていたものの、いざ味わってみたらさすがに文句を言えなくなったらしい。

ちなみに、「立花のことだから、縁起を担いで鰻は土用に食べるものだと思っていた」と言われたが、そんなの冗談じゃない。

土用の丑《うし》の日の鰻屋など、ひたすら混んでいてゆっくり食事をするどころではなくなってしまう。

元々、暑い夏を乗り切るべく、栄養価の高い鰻を食べるという習慣から発しているものだ。あえて丑の日にだけ食べねばならないというわけではないし、むしろ美味《おい》しい鰻なら混んでいないときにゆっくり味わいたい。

とにかく二人して、美味い鰻を半分ぐらい食したところで、武本は立花をランチに誘った本題に入ってきたのである。

「関係も何もないが」

あらかじめ何を聞かれるか覚悟はしていたが、そうそう最初から手の内を見せることはしない。

だから立花はあえて平然と返す。

「あれ？　俺と立花の間で、そういうことを言うのか？」

「俺と武本の間とは具体的にどんな間だ」

鰻はもちろん、たれの滲《し》みた白米も実に美味い。重箱を抱えて米の一粒まで残さずに食さねばなるまい。

肝吸いも絶品で、香りだけでふっとどこか遠くへ意識が飛びそうになる。

さすが老舗。

価格の上でも店の場所についても、毎日ランチに気軽に食べる物ではない。改めて「鰻を食べる」と決め込んでいるから余計に、あらゆる感覚が満足させられるのかもしれない。

よく考えると、食という行為には、様々な欲が合わさっていると実感させられる。

「これまで意地でもしていなかったラインを始めたのは、樟の影響なんだろう？」

「ああ」

ＩＤを登録してから武本には連絡をしたので、成り行きは知っていても当然だろう。

「で、樟は結局、転職しないのか？」

「しない」

「つまり立花は樟を受け入れたのか」

続く言葉で立花はぴたりと動きを止める。俯《うつむ》いたまま返事をしないが、さらに武本は続けてくる。

「一緒に暮らし始めたのか?」

慌てて顔を上げる。

「なんでそんな話になる」

「この間連絡をしてきたとき、そばにいたのは樟だろう?」

「……ああ」

ここで隠したところでいずればれる。だから認める。

「何時だったか覚えてるか?」

「え」

武本はスーツのポケットからスマホを取り出して、何か操作をすると画面を立花に向けてきた。

『ラインを始めた。登録よろしく』

立花がメッセージを送信した時間が表示されている。武本は送信直後に電話をしてきた。

「表示されている時間、読めるだろう?」

立花は無言で答える。

「これは俺がお前のメッセージを読んだ時間。この直後にお前に電話した。覚えているよな?」

立花はきゅっと唇を嚙《か》み締《し》める。

二十三時五十五分——誤魔化そうとしても、誤魔化しきれない。

「……一緒に暮らしていない。ただ遊びに来ていただけだ」

「ふうん。遊びにね」

「その言い方はなんだ。お前だって俺の家に何度も来たことがあるじゃないか」

「マンションの頃にな。麻布《あざぶ》に越してからは一度も行っていない」

食べ終えた武本は箸を置いて両手を顔の前で合わせる。

「そう、だったたか」

「そうだよ。多分、高萩《たかはぎ》も麻布の家には住んだことはないはずだ」

思わせぶりに高萩の名前を口にされて、立花は小さく息を吞《の》む。さすがに武本にすら、立花と高萩の結婚が偽装だったことは告白していない。

「さすがに、それがどういう意味か、自分でもわかってるんだな」

さらに一人納得したように武本は言うと、「済んだか?」と立花の重箱の中身を確認してくる。

「あ、ああ。食べ終えた」

「だったら店を出よう。このあと、一時半から所内会議があるんだ」

「え？」

驚いて腕時計で時間を確認すると一時を過ぎようとしていた。

「時間がないなら近場の店でもよかったのに……」

「そんなこと言う暇もなくここに連れてきたのは誰だ？」

伝票を手に立ち上がる武本に横目で見られて、立花はさすがに恐縮した。

「悪い。事前に何も言われていなかったから、てっきり時間に余裕があるものだと」

「謝ることはない。奢ると言ったのは俺のほうだし、会議の予定は直前に急に入ったものだったから。ただ、ゆっくり話す時間が取れなくて申し訳ないと思っている」

席を立ち先を歩きながら、武本は立花を気遣ってくる。

「それは……」

「何か相談したいことがあったんじゃないのか？」

代金を支払いつつの言葉には、立花に対する思いやりが感じられる。

「それも他の人にはできないか、もしくはしにくい話」

武本は会計を終えて店の前で停《と》めたタクシーに先に乗り込んで、運転手に「霞《かすみ》が関《せき》まで」と告げてから立花に対して続けた。

「もちろん無理に話を聞かせろとは言わない。ただ立花がそんなことを俺に話そうと思うなんてよほどのことだろう？　つまり相当切羽《せっぱ》詰まっているということじゃないかと少しだけ心配している」

まさに図星だ。

どうして何も言っていないのに、武本は立花の心がわかるのか。

「詳しいことはわからないけれど、とりあえずひとつだけ。色恋はタイミングを逃すと拗《こじ》れやすい」

思わず顔を武本に向ける。それに気づいた武本は穏やかな笑顔を立花に向けてくる。

「バツ2の上に、しょっちゅう恋人を替えるような浮気男の言葉なんて信用ならないかもしれない。だが、恋愛に関する先達者として伝えておく」

通常なら、「何が先達者だ」と突っ込むところだ。しかし今の立花の胸には思い切り突き刺さってくる。

拗れたらどうなるのか。

いつが立花と樟にとっての「タイミング」なのか。それがわからないから困っているのだ。

「武本」

「何」

「恋愛は、お互いに告白したところがゴールじゃないのか」

「……はあ？」

質問の意味がわからなかったのか、武本は変な声を上げた。

「だから、互いが想《おも》っていると伝えたところで恋愛は成就するんじゃないのか？」

「え？　いや、成就って……ちょっと待ってくれ。悪いが俺にはお前が何を言わんとしているのかよくわからない」

武本は大袈裟《おおげさ》に額に下りた前髪をかき上げた。

「俺の認識が間違っていなければ、立花は俺と同い年だよな？」

「当然だろう」

武本がどうして突然に年齢を確認してくるのか、立花にはまったくわからない。中高の六年間、同じ教室で日々を過ごした仲間だ。

「そうだよな。中高六年間、同じ寮で過ごしてきた」

武本は立花が心で思ったことをそのまま言葉にする。

「長いつき合いだな」

何を改まってと思っている立花の腕を、武本はぐっと掴《つか》んできた。

「その長いつき合いになる、いい年した大人の男である立花斎樹《いっき》。今さら何を夢みたいな話をしてる？」

鼻が擦《こす》れるほど間近に寄せられた武本の顔は、これ以上ないほど真剣だ。

「お前は霞でも食って生きてきたのか？」

「たった今、一緒に極上の脂ののった鰻を食べてきたばかりだが」

「だったらどうして、恋愛の成就が告白だなんて、気の迷いみたいな発言が出てくる？」

「え……」

改めて他人に指摘されると、確かに気の迷いに思える。

「告白してそこからスタートだろう。いや、そうじゃないパターンももちろんある。それこそ今どきの中学生でも、今の立花みたいな発言はしない」

武本は急に立花の額に掌《てのひら》を押し当ててきた。

「何をしてる」

「熱はないいな」

「ふざけるな。俺は本気で聞いてる」

さすがにむっとして、武本の手を払う。

「そうだな。お前はそういう男だ。だがお前がどういうつもりで今の質問をしたのか訳がわからない。だからもうひとつ確認させてくれ。その質問はお前の話なのか？」

多少の躊躇《ちゅうちょ》を覚えつつも、立花は「そうだ」と頷《うなず》く。ここまできて誤魔化してもしょうがない。

「その相手は……」

運転席にちらりと視線を向けて、武本は立花の耳元に口を寄せてくる。

「樟か」

すぐ横にある武本の顔を横目で見て、視線で応じる。

「そろそろ霞が関ですが、どこで停めますか」

ルームミラー越しに、行き先を確認されて、武本は小さく舌打ちする。

「先の信号を越えた適当な場所で停めてください——今日の夜は空いてるか？」

武本は指示すると、立花に確認してきた。

「今日？」

「一時間でも二時間でもいい。このままじゃ俺のほうが落ち着かない」

タイミングよくというか悪くというか、信号が赤に変わってタクシーは停車する。

「それほど遅くならなければ……」

「それなら、七時にここに来い。話の続きはそこで改めてだ」

予想していたよりも道路が混んでいたため、あと五分で一時半になる。信号が変わり、交差点の先で停車したタクシーから降りる際、武本は立花に名刺サイズのカードを押しつけると、走って事務所の入っているビルへ向かう。

そして一方的な約束だったが、そんな男の背中を見送った五時間半後、再び二人で会っていた。

これほど短時間の間に二度も武本と顔を合わせるのは大学時代以来だろう。

「正直、驚いた」

武本の指定した場所は、大手町にできた新しい総合オフィスビル内の高層階にあるホテルのバーだ。

アジア系列のホテルのシックかつモダンな内装で、高い天井までの大きなガラス窓からは、都会の夜景が望める。

全体的に落ち着いた色合いを基調とした石の壁や柱が印象的で、黒の家具は落ち着きが感じられ贅沢《ぜいたく》な気分が味わえる。

レザーの大きなソファに体を埋《うず》めた武本は二十分遅刻してきたことを謝ることもなく、昼間に別れた直後のところから会話を再開させてきた。立花も何事もなかったかのように、武本の話に耳を傾ける。

「まさか三十六にもなる男から、今は中学生からですら聞かないような恋愛話を聞かされるとは」

武本は、頼んだハイボールをまるで水みたいに飲み干す。

「あの場で聞くのはさすがに申し訳ないと思ったから我慢したが、まさか立花、童貞か？」

　静かなジャズがバックに流れる、まさにラグジュアリーな空間で、武本は平然とそんなことを聞いてくる。家族にも等しい関係だが、さすがにそういう話はこれまでしたことがない。立花にとって性に関する話題は禁忌に等しかった。

「――違う」

「そうだよな。高萩と結婚していたわけだし、俺の知る限り、大学卒業までに三人はつき合った相手がいたはずだな」

「つき合ってはいない」

「その辺りは適当に流せ」

　さすがの武本も、高萩と立花の結婚が、契約にすぎないことは知らない。さらには武本の言う「三人」が誰を指しているかは知らないが、経験人数的には間違っていないところが恐ろしい。

「先に確認するが、お前、ゲイだったのか？」

　突然の問いに、立花は微《かす》かに眉《まゆ》を上げる。

　長いつき合いというのは恐ろしいものだ。武本は微妙なことを平然と聞いてくる。悪気がないのはわかっているし、状況が状況だ。だから立花は怒りはしないし、あえて肯定も否定もしないが、それが答えだと武本は解釈したらしい。

「まあ……俺も人の性癖をどうこう言える立場じゃない。ただお前の話をする上で、一応確認しただけだ。気を悪くしたならすまない。許してくれ」

すぐに武本は頭を下げてくる。

こういうところが武本らしさだ。この男相手に奥歯に物が挟まった状態で会話しても、始まらない。むしろ武本以外には話せないのだから、立花のほうが腹を決めるべきだ。

「謝らないでくれ。俺自身、よくわかっていないというのが正直なところだ。こちらこそ変な話をしてすまない」

あっけらかんとした武本の態度に促されるように、立花も頭を下げた。

「そんな風に素直に謝られると気味が悪いな」

少し茶化した返しをされると、二人の間の空気が緩む。

「それで、何。立花くんはイマドキの中学生ですらしないようなプラトニックなおつき合いをしているのか?」

「――いや」

立花は一瞬躊躇しつつも真実を告げる。

「俺は武本のことが好きだ」

前振りもなく告げると、武本の動きが止まる。

しかしすぐに我に返って、平然とした態度で運ばれてきたブランデーの水割りを口に含みながら「俺もだ」と返してきた。

「武本は俺にキスしたいと思ったことはあるか？」

遠回しに話しても時間がかかるだけだ。だから立花はストレートに疑問をぶつける。

「…………は？」

しかし武本はグラスを手にしたまま、再び動きを止めた。

「変なことを聞いているのは重々承知している。とにかく、俺は男で武本も男で、さらに武本と俺の関係を前提に率直に答えてほしい」

立花が真剣なのがわかったのだろう。武本は小さく咳払《せきばら》いしてから、しばし思案する。

「学生の頃の記憶は曖昧《あいまい》だが、あるかないかと言われたら、ある——と、思う」

「ある、のか」

立花は驚きに声を上げる。

「さすがに二十年あまり顔をつき合わせていれば見慣れたが、それでも立花の顔は綺麗《きれい》だと思うし、いまだにやけに色っぽい表情だと感じることがある。それが思春期真っ盛りの若者の頃だったら、多分もっと明確にそれを感じてた……気がする」

ひとつひとつの言葉を選ぶようにして、武本は立花に対する気持ちを語ってくれる。

「じゃあ、セックスは？」

続く問いにも驚いただろうが、武本は平静を装った。

「残念だが、もしこの世にお前と俺の二人しかいなくなったとしても無理だ。が、死ぬかセックスするかの二択を迫られれば、できるかもしれない。要するに好奇心でキスはできても、好奇心でセックスまではできない」

それこそ二十年あまり顔をつき合わせていても、改まって互いへの印象を口にしたことなどなかった。

「それで、お前は?」

「俺?」

「人にだけ聞いておいて自分は話さないのはなしだ」

武本は立花のグラスの水面に浮かぶ氷を、指の先で軽く突いた。グラスに当たった氷が立てるカランという音を聞きながら、立花はゆっくり口を開く。

「以前までの俺なら、キスもセックスもできたと思う。でも今の俺は無理だ」

胸の中にあった想いを言葉にすると、不思議なほど自分の気持ちが明確になってくるように思える。

「今の立花が俺とはできないということはわかった。だがその理由がよくわからない。以前のお前と今のお前、何がどう具体的に違う?」

「考え方が違う」

「何に対する考え方だ」

さらに突っ込まれて立花は一瞬黙り込む。

何に対する考え方か。改めて己の気持ちを探る。

今と以前の境界は、樟との再会だ。正確に言うと「再」会かは微妙だが、とにかく樟と出会い樟を知り、樟とキスをしてセックスした。

それまでの数少ないキスやセックスの経験と何が違うのか。

好奇心や義務感、興味からした行為ではない。

樟とのキスは、義務感からしている行為ではない。樟とキスする必要性はない。唇が触れ合う瞬間、胸が高鳴っているのが自分でもわかる。鼓動が速くなり息が上がる。頬《ほお》が紅潮していく。

そして実際に唇を重ねた瞬間、とてつもない幸せが体じゅうに溢《あふ》れてくる。

気持ちよくて嬉《うれ》しくて幸せな一方、濃厚になっていくとキスだけでは我慢できなくなってくる。

体の芯《しん》が熱くなり痺《しび》れるような心地を味わう。

そして——。

「セックスに対する考え方だ」

合わせた両手に、立花は唇を押し当てる。

「俺は武本が好きだ。友達であり家族に等しい存在だと思っている。そして俺は樟のことも好きだ。でも樟に対する気持ちは、お前に対する感情とは違う」

「どう違う?」

「武本とはセックスができない。でも樟とはセックスがしたい」

合わせた掌にじわりと汗が滲《にじ》んでくる。

「武本とは何があろうとこの先も関係は切れないと思う。それこそ今さらだ。二人を繋《つな》ぎ止《と》めるものは有形無形関係なしに必要ないと思っている。でも樟は違う」

これまで二人は重なりそうで決して重ならない道を歩いていた。だが樟が必死に足掻《あが》いたことでほんの少し交差して、そこからさらに重なった。でもその道はこの先も永遠に重なっているわけじゃない。

「どちらかが他を見た瞬間、また違う方向へ進みかねない。俺と樟の間には、俺とお前みたいな深い部分での繋がりがないからだ」

「ないのか?」

「いや、ないわけじゃないな。繋がりを作っている最中なのかもしれない」

「その繋がりがセックス、なのか」

武本の言葉がすんなり胸に落ちてくる。

「さっきも聞いたが、もう一度尋ねる。プラトニックなつき合いではなく――した、のか?」

武本がその問いを、決して興味本位でしてきたのではないことはわかった。だから立花は正直に応じる。

「した」

「だったら繋がりができたということじゃないのか？　したかったんだろう？」

「でも一度だけだ」

「は？」

その返事に武本は身を乗り出してきた。

「ちょっと待ってくれ。一度だけ？」

立花は頷く。

「片桐さんの話じゃ、樟の奴《やつ》、何度かお前の家に泊まりに行ってるんじゃないのか？」

「なんで片桐さんがそんな話をお前にするんだ？」

「それは今は置いておいてくれ。樟、お前の家に泊まってるんだろう？」

「ああ」

「何をしているんだ。いい年した大人が二人っきりでいて」

「梅酒を仕込んだ」

立花の返事に武本は目を見開いた。

「梅酒？」

「庭に梅がなっていて、俺の仕込んだ梅酒が飲んでみたいと言うから、一緒に仕込んだ」

「男二人で、梅酒……」

「結構手間がかかるの、知ってるか？　しっかりアク抜きしないと味が悪い。軸の部分も竹串《たけぐし》でひとつひとつ外すんだ」

「他には何を」

「春巻きを作った」

さすがに武本は口を開けた。

「俺の作る春巻きはかなり美味い。春雨《はるさめ》を大量に使うから健康的だ。スーパーで買うよりもかなり具材も多いししっかり味をつけるから、揚げたらそのまま食べられる。樟はビールに合うと喜んでいた。あと、エアコンを買いに行った。すぐにでも使いたかったが、設置工事には時間がかかるらしい。知っていたか？」

「樟は何日泊まるんだ？」

「決まってるわけじゃないし、まださほど回数も多くないが、とりあえず金曜日の夜に来て日曜日の夜に帰る」

「同じ職場に通ってるのに、月曜までは一緒にいないのか」

「日曜に帰る」

立花も武本と同じことを言ったのだ。でも先週も先々週も、樟は日曜日に早めに夕飯を摂ると自宅に帰ってしまう。

「まあ、それでも二晩あるな。それなのに、しないのか」

「しない」

「お前が拒んでる……わけじゃないんだろう？」

「多分。だがよくわからない」

「でもしたくないわけじゃないんだよな？」

立花は躊躇なく頷いた。

「俺と樟がこの先も武本とみたいに長く一緒にいるためには、なんらかの繋がりが必要なんだろうと思う。それが愛情なのかもしれない。その愛情を繋ぎ止めるためにセックスが必要なら、俺はいくらでも樟とならできると思う」

「義務感、か？」

武本がすぐにそこに突っ込んできた。

「樟が求めてくるならしてもいいのか？」

「──違う」

最初のときはそうだったかもしれない。でも今は違う。

「セックスについてはわからない。でも樟とのキスは気持ちがいい。もっとしたいと思う。だからそんな体の欲望を含めて、樟が欲しいと思うし、樟にも求めてもらいたいと思っている」

それこそ、初めてのときのように。

病み上がりで万全の状態ではないにもかかわらず、それまで堪えていた欲望を一気に爆発させてきた。

まだ自分の気持ちに気づけていない立花を怯《おび》えさせることなく、己の感情をぶつけるだけのこともしなかった。

多少の強引さは拭《ぬぐ》えなかった。初めてのことだったから、細かい部分までは覚えていないが、悪い記憶ではない。それこそ二度目を求めるぐらいに快感もあった。

性的な悦《よろこ》びももちろんだが、それ以上に他人の肌の温《ぬく》もりと鼓動の心地よさが忘れられない。

一人で生きていくことになんの疑問もなかった。むしろ他人の気持ちがわからず、誰かを本気で愛せないような欠陥人間の自分は、一人で生きていくしかないと思っていた。

そんな立花に樟は、誰かと一緒にいる喜びを教えてくれた。

「立花……」

「ブルーマンデー症候群って知ってるか？」

「ブルーマンデー？　いや、初めて聞いた」

「俺も知らなかったんだが、休み明けの仕事のことを考えて前の日の夜や当日朝に憂鬱《ゆううつ》な気持ちになることを言うそうだ。それが日曜日の夕方のアニメのエンディングを聞いているときに感じたりすることもあるらしい」

「ふうん。それが？」

「この間の日曜日、樟と夕飯を食いながらアニメを観《み》ていたら、不意に涙が溢れてきた」

突然のことで立花自身、何が起きたのかわからなかった。そのとき樟はテレビの画面を観ていたため、立花が泣いたことには気づかなかったらしい。

だから適当に言い訳して台所へ向かい、涙を拭って事なきを得た。

「多分あれはブルーマンデーだったんだ」

「仕事に行きたくなかったのか」

「違う」

的外れな指摘につい笑ってしまう。

「このアニメを観終わる頃に樟が帰ってしまうのが、すごく嫌だったらしい」

自分で自分の感情を持て余している。「らしい」というのは、自分でもよくわかっていないからだ。

祖母が亡くなって以来、一人で過ごしてきた。一人で食事をするのも一人で寝るのも当たり前だった。

それなのに、家のあちこちで樟の気配を感じてしまう。温もりを追いかけてしまう。月曜日、帰宅して誰もいない部屋に寂しさを覚えてしまう。

引っ越してくると言っていたのに。

喜んでいたのに。

あれは嘘《うそ》だったのか。

「お前、ちゃんと誘ってる?」

胸の奥を掠《かす》める寂寥《せきりょう》感から、今にも泣きそうになっていた立花は、武本の言葉の意味がわからなかった。

「誘う?」

「それか、二度目がないのは、お前に隙《すき》がないからじゃないのか?」

「隙?」

「そういう雰囲気というか。熟年夫婦じゃないんだから、阿吽《あうん》の呼吸でできるわけはないだろう」

「……雰囲気……」

そういう意味で、この間はいい雰囲気になりかけていた。しかしなぜか途中で樟はやめてしまった。立花が樟の気持ちを削《そ》ぐ何かをしてしまったのだろうか。

「樟の奴、太々《ふてぶて》しい風貌《ふうぼう》しているわりに、結構乙女な性格の持ち主じゃないか?」

「乙女?」

「たとえば、こういうホテルのバーでほろ酔い気分になったところで相手にしなだれかかるとか。俺の知ってる百戦錬磨の秘書は、相手の好みに合わせて甘え方を変えると言っていたな」

「甘え方を変える？」

恋愛初心者マークの立花には、武本の言っていることの半分も理解できなかった。

「とにかく、意中の相手を落とすためには、それなりの努力や手間暇が必要だということだ。ただ笑っているだけでもてはやしてもらえるのは、二十歳《はたち》前の女性ぐらいだ」

武本はしみじみ言う。

「俺にはよく……」

「要するに、恋愛は簡単じゃないっていうことだ」

無理矢理そうまとめた武本は、胸元からチケットらしき物を取り出してテーブルの上に滑らせた。

「そんな立花くんには、これをあげよう」

「なんだ？」

「このバーの利用券」

「酒なら別にうちにもある……」

「だからそういうところが駄目なんだ」

武本は立花の言葉を遮ってダメ出しをしてきた。

「駄目って……」

「とにかく、誘ってみろ。このバーは、前菜とアルコールの類《たぐ》いの全部を黒に統一したプランがある。結構外国人の客に人気が高いらしくて、クライアントのために買っておいたんだが、これで樟を誘ってみろ」

「男二人で来るのは変じゃ……」

「俺たちだって男二人だろう」

真顔で言われてはっとさせられる。

武本と二人で来ても気にならないのに、樟と二人きりだと気になるのは、関係性が違うことを自分たちが知っているからだ。

「自分たちが気にするほど他の人間は周りなんて見ていない。とにかくやれることはやってみろ。もしかしたら他の理由があるのかもしれない。だから今はできることを試してみてもいいじゃないか」

「悔しいが、武本の言葉には現実味がある」

「そうだろうとも。だから、善は急げだ。今この場で樟を誘え」

「今この場で?」

「そう。『使用期限の迫ったホテルのラウンジ利用券がある。面白いプランもあるから、よければ一緒に行かないか。一人で行くよりも一緒のほうが楽しいと思う』……」

「ちょ、ちょっと待ってくれ。一気に言われてもさすがに間に合わない」

慌ててスマホで入力をするが、キーボードと違ってそこまで早く入力できない。

「そのまま打たなくていいだろう。自分の言葉にアレンジして……」

「アレンジなんて無理。ええと、『一人で行くよりも』――」

「『一緒のほうが楽しいから』」

訂正される。

「改めて文章にするとやけに気恥ずかしい」

「何を言ってる。これまで散々樟にプッシュされてきたんだろう？　同じかそれ以上の想いを、きっちりお前から伝えてやれば喜ぶにきまっている」

かなり自信たっぷりに断言される。

「そうかな」

「信じないならそれでも構わない。だがとにかく送信してみな」

促されるままに立花はメッセージを送信する。それからふと思い出す。

「そういえばこの間、樟と一緒に行った江戸川橋《えどがわばし》のホテルのイベントチケットも武本からもらったと言っていた」

「え？　ああ、なんかそんなチケット渡したかもしれないな」

「この手のチケットやクーポン券が回ってくるのはしょっちゅうだからな。樟に限った話じゃなくて、色々な人に声を掛けている」

「覚えてないのか？」

それが真実なら、あの辺りで榎木《えのき》に会ったのは偶然だったということになる。その偶然があったから人に見られて、今に至っていると考えると複雑な気分になった。

そのとき、スマホが鳴動し、画面にポップアップ画面が表示される。

「きた」

立花が潜めながらも驚きの声を上げると、武本も画面を覗《のぞ》き込《こ》んできた。

5

一昨日訪れたのと同じホテルのバーのソファに座った立花《たちばな》は、先ほどから何度も腕時計で時間を確認してしまう。

「あと十分……」

先日、武本《たけもと》に促され——というよりは唆《そその》かされて——樟《くすのき》に誘いのメッセージを送ってすぐに返信があった。

『喜んで。いつにしますか？』

断られると思っていたわけではないが、間になんらかのクッションが入るかもしれないと覚悟していた。ところが即答の快諾で意表をつかれてしまった。

「惚気《のろけ》たかっただけで、実は上手《うま》くいってるんじゃないのか？」

武本からは余計な突っ込みをされたほどだ。

とにかくトントン拍子に話は進んだ結果、二日後、つまり今日、仕事を終えたあとに約束を取りつけた。急展開すぎて立花は心の中ではかなりバタバタしていた。

しかし他の例に漏れず、時間を決めてバーまではそれぞれ向かうこととなった。

『とにかく上手く甘えるんだ。普段見せていないお前の可愛《かわい》い面をアピールして、その気にさせろ』

つい先ほども武本から応援のメールが届いた。が、「普段見せていない可愛い面」なるものが、果たして自分にあるのかと突っ込んでしまった。

同居を申し出た話はさすがに武本にもしなかった。

樟には樟で事情があるかもしれないし、下手《へた》に急《せ》かしても仕方がない。

だから自分はいつでも樟が来られるよう、準備をしておけばいいのだ。

(年上なんだから、構えて待てばいい)

それは今もだ。

そう思っているのに、気づけば辺りを見回し、人の気配を感じれば視線をそちらに向けてしまう。

三十分前まで同じ職場のすぐ近くのデスクで仕事をしていた。にもかかわらず、あり得ないほどそわそわと落ち着かない状況で樟を待っている自分が、立花は不思議でならなかった。

なんとか落ち着こうとスマホの画面を開こうと俯《うつむ》いたとき、間接照明の中、手元に伸びてきた人の影に顔を上げると待ち人がやってきていた。

「すみません。お待たせしました」

多分、樟を認識した瞬間、傍《はた》からわかるほどの笑顔になっていたに違いない。だから立花は慌てて頬《ほお》に手をやった。

「いや、待ち合わせの時間どおりだ。俺のほうが早く着いただけで……」

「綺麗《きれい》なホテルですよね。このオフィスビルで働いている世銀時代の知り合いからバーの噂《うわさ》は聞いていたので、一度来てみたいと思っていたんです」

向かい側の席に樟が座るタイミングで、スタッフがメニューを手にやってきた。

武本からもらったチケットでは、このバーの全体の雰囲気に合わせた「黒」をコンセプトにしたプランを行っている。

オリジナルのカクテルや他のアルコールのみならず、紅茶や料理に至るまで「黒」をテーマにしている。

同じコンセプトで行っているアフタヌーンティーが女性に大評判らしいが、このバーのプランは男性、それもある程度の年齢層をターゲットにしているらしい。

「俺の知り合い曰《いわ》く、カクテルも本格的でアルコール度数の高いものが多いらしいです」

「なるほど」

天井が高くひとつひとつのテーブルが離れて配置されているため、隣の目を気にすることなく会話ができる。奥のほうのテーブルでは商談をしているらしきビジネスマンの姿があった。

果たして自分たちは、他の人の目から、どんな風に見られているのだろう。

武本と二人で訪れたときには考えもしなかったことが浮かんでくる。

「そういえば明日、例の会議の件で緊急召集をかけるかもしれないと、本郷《ほんごう》さんが言ってました」

ドリンクのオーダーを済ませると、樟は思い出したように言い出す。

「俺が出るときは何も言ってなかったが」

例の会議とは、G20関連だろう。

「立花さんが出られた直後に連絡があったんです。俺もそのあと出てしまったので詳しいことはわかりませんが」

今年はほぼ一週間後にドイツで開催予定だ。各国首脳も顔をつき合わせ、世界経済の持続的な成長の実現に向け、率直な意見交換を行う。

同時に「財務大臣・中央銀行総裁会議」も開催されるため、財務省も準備に駆り出される。しかし定期的に開催される会議のため、よほど突発的な出来事がない限りは、ルーティン作業で準備は済むので、立花たちの部署への影響はあまりなかった。

「だがこの時期に緊急召集をかけるとなると、タダ事ではないいな」

立花は顎《あご》に手をやって遠い目をする。

会議に参加する国際機関には知り合いが数多く働いている。それこそ樟の話に出た「世界銀行」も、今回の会議に参加する機関のひとつだ。

明日まで待たずとも、その気になれば情報はいくらでも集められる。

「その話はやめませんか。今情報収集したところで、動くのは明日になってからです。今は仕事のことは考えずに食事を楽しみませんか」

樟の言葉に立花は「そうだな」と応じる。

「それよりも、お誘いありがとうございます。先日、武本さんからもらったチケットでイベントにご一緒してもらったばかりだったから、まさかこんな風に誘ってもらえるとは思っていませんでした」

「俺のほうこそ、一昨日誘って今日行くことになるとは思わなかった」

立花はブラックマティーニ、樟は「黒」の名前のついたウイスキーの水割りで乾杯する。

「この間のイベント、楽しかったな」

ホテル内の日本庭園で開催される蛍観賞イベントだったのだ。

立花はあのとき初めて、実際に飛翔《ひしょう》する蛍を観《み》た。

思っていたよりも抑えめの光は、どこか幻想的な雰囲気を生み出していた。

「綺麗でしたね。今度、どこかの蛍の生息地に観に行きましょう」

特に気負いもなく誘ってくる樟の言葉に、立花はほんの少しだけ驚きながらも「そうだな」と応じた。

「この間漬けた梅酒、どうですか?」

さらに樟は立花に聞いてくる。

「どうって? 飲み頃は一年後だから、それほど変化はない」

そう答えながらも、立花は昨日夜に撮影した漬けたばかりの梅酒の写真を樟に見せると、嬉《うれ》しそうに画面を覗《のぞ》き込《こ》んでくる。

「氷砂糖、結構溶けてますね」

「そうだな」

「一年後、楽しみです。どんな味なんだろう」

何気なく、そしてたいした意味もなく樟は言ったのだろう。だがその言葉に立花の心が弾んだ。

一緒に梅酒を漬けこむと言い出したときにも、少しだけ似たような気持ちは抱いた。しかし、ただ「梅酒を漬けてみたい」だけだろうと判断して、先のことは考えずにただ作業を楽しむことにした。

だが今の発言はどうだ。明らかに、一年後に一緒に漬けた梅酒を飲もうという前提の話だ。

「同じ量で作っても梅の出来や気候で味が変わるから、出来上がってみないと味はわからない」

できるだけ平然と返したつもりだが、内心浮かれているのは自分でもわかっていた。ここで、一年後も一緒にいるつもりなのかと、あまり重たくせずに尋ねればいい。

立花が軽く聞けば、樟も軽く答えられるだろう。

相手の気持ちを疑って勘繰っている間は、相手も同じようにしか接してこない。

今さらながらに祖母の教えは偉大だったと思う。

笑う門には福来《きた》る。あれは福があるから笑うのではない。笑っているから福が舞い込むのだと教え込まれた。今あの言葉を実感する。

「以前祖母が作った梅酒が見つかった。だから今度飲んでみるといい」

立花が笑えば樟も笑う。樟が笑ってくれれば立花も嬉《うれ》しくて幸せになる。

「それは楽しみです」

小気味よく楽しいだけの会話が二人の間で交わされていく。この感覚は久しぶりだ。

体の関係を持ち、樟が立花のところに引っ越してくる話をしてからというもの、必要以上に気を遣ってしまったことに気づく。

樟の発する言葉のひとつひとつの意味や意図を考えてしまう。逆に自分の発する言葉にも気を遣う。変に邪推されることはないか。他意は感じられないか。

嫌われないか。媚《こ》びを売っているように感じられないか。

かつて意識したことのない感覚に、楽しいはずの会話が楽しくなくなってしまっていた。

『簡単に言えば、恋愛は簡単じゃないっていうことだ』

不意に先日の武本の言葉が蘇《よみがえ》ってくる。

『とにかく上手く甘えるんだ。普段見せていないお前の可愛い面をアピールして、その気にさせろ』

可愛い面があるか否かはともかく、素の部分を見せろということなのだろう。

武本に唆されたとはいえ、こうして樟と二人で話せてよかったと思う。顔を見てこうして話しているだけで楽しいし嬉しい。

同時に、自分は何を気にしていたのだろうかと思う。

セックスの二度目がないことや、引っ越しの話が現実化してこないことに、一人で勝手に焦り悩んでいた。

樟と一緒に暮らせたら楽しいだろうと思う。

他人との距離感を摑《つか》めず一人でいる気楽さを堪能《たんのう》していた立花に、樟は新しい生き方のひとつを教えてくれた。

性欲についても淡白で、この先誰とも抱き合わなくてもいいと思っていた立花に、樟は

人の肌に触れる温《ぬく》もりを教えてくれた。

(好きだなあ……)

改めて実感する。樟のことが好きだ。

この男の存在を大切に思う。

曖昧《あいまい》だった己の気持ちが、今ははっきりわかっている。だからこそ怖くなってしまった。ただ会話するだけでは足りなくて、樟に様々を求めてしまっていたのかもしれない。

では自分は何か樟に言っただろうか。

自分から抱き合いたいと訴えただろうか。

一緒に暮らすことについて、具体的に相談しただろうか。

いずれも否だ。自分は何もせず、ただ樟が動くのを待っている。

自分から動けないのは、嫌われたくないからだ。これまで、こんな風に誰かを好きになったことがないから、行動の仕方がわからない。

(甘えるってどうやるんだ?)

(何をどうしたら、この俺が可愛く見えるんだ?)

こんな面倒なことをするぐらいなら、何もなかった頃に戻ったほうがいいのではないかという気さえしてくる。

樟を好きだと自覚する前。

一人が寂しいと知る前。

キスが気持ちいいと知る前。

もちろん、そんなことができるわけないこともわかっている。

だから、二十年以上も続く友人である武本に相談をするという、とてつもなく恥ずかしい行動に出ているのだ。

ただ樟の隣で楽しく笑っていたいだけなのに、それだけのことがこんなにも難しい。

過去にここまで悩んだことはない。世界経済の中心で仕事をしていたときだって、もっと打開策は簡単に見いだせた。

でも樟の心は世界経済よりも複雑で面倒だ。もっと複雑なのは己の気持ちだ。

何杯目かわからなくなったカクテルを飲み干した頃には、ぐるぐると頭が回っていた。

「……立花さん」

名前を呼ばれてはっとする。

「時間だそうです」

「もうそんな時間か？」

驚いて手元にあったスマホの画面を見ると、待ち合わせしたときから二時間が過ぎていた。武本の助言で誘ったのに、この二時間、何をしていたのか。

ただ酒を飲み食事をして、他愛《たわい》もない会話をいつものようにしていただけで、二人の関係は何も変わっていない。

「それじゃ、出ましょうか」

席を立とうとする樟の手に、咄嗟《とっさ》に自分の手を添える。このままでは、今日樟を誘った意味がなくなってしまう。

「もう一杯、飲まないか。別料金になるが」

「今日はまだ平日です。それに明日、緊急召集があるかもしれないと言ったじゃないですか。もしかしたらとんでもない状況が待っているかもしれませんから、今日はこれで切り上げておきましょう」

まるで我儘《わがまま》を言う子どもに言い聞かせるような口調に、立花はそれ以上何も言えなくなってしまう。

(俺ほどに樟は何も考えてないんだろう……)

焦っても仕方がないと思いながら立ち上がろうと思った途端、がくりと膝《ひざ》が折れた。

(あれ……)

何が起きたのかと思ったときには、その場にしゃがみ込んでいた。

「どうしたんですか」

樟が立花の前までやってくる。

「なんか、膝に力が入らなくて……」

伸ばされる手を借りて立ち上がるものの、大きく足元がふらついた。

「あ……」

「酔ったふりですか?」

そんな立花を樟が笑った。

「いや、そうじゃなくて……」

「この間も最初のうちは酔ったふりをしてましたね。でもあのときは顔が真っ赤でしたし、途中から本当に酔っていましたけど。今日は顔色全然変わっていません」

樟は立花が酔ったふりをしていると決めつけている。立花自身、自分が酔っているとは思っていなかった。

だがさらに足を前に進めようとしたら、目の前がぐらぐら揺れた。

「樟」

立花は再び前を歩き出す男の背中を呼び止める。

「酔った」

口調は変わりない。傍から見たら、酔っているとはまるで思えないのだろう。

「そんなはっきり『酔った』と言われて、誰が信じると思っているんですか」

前回のときとは違うのだ。

何がどう違うか訴えようと思うものの、上手《うま》く言葉が出てこない。

「だから……ふりじゃなく……」

「本当に酔ってるっていうんですか？　……と、すみません。ちょっと電話が……」

その場から少し離れた場所で、樟は掛かってきた電話に出る。その間にも立花の足元の揺らぎは大きくなっていた。

アルコール度数高めのカクテルを、料理をあまり食べずに飲み続けてしまった。チェイサーもいれなかった。結果、急激に酔いが回ったのだろう。

先週末の酔いは、ただ心地よくて解放された楽しさがあった。だが今回は違う。平衡感覚が失われて、胸の奥のほうが気持ち悪い。

（本格的にまずいかもしれない）

背中に冷や汗が滲《にじ》んできている。瞼《まぶた》を閉じると銀色の光がチカチカしている。

（どうする？）

貧血を起こしかけているのかもしれない。スタッフを呼ぶかどうするか考えていると、電話を終えた樟が戻ってきた。

「くすの……」

「すみません、立花さん」

救世主だと思っていた男の口から、なぜか謝罪の言葉が零《こぼ》れ落《お》ちる。

「何を、謝って……」

「今の電話、弟からだったんです。なぜか近くに来ているらしくて、これから急に泊まりにくると言っているんです。でも道に迷ってるらしくて……前から、突然来られても迷惑だと言っていたんですが……」

文句を言いながらも、弟が心配なことは、口調や表情から十分伝わってくる。

家族との縁や関係が薄い立花と違い、樟はとても家族思いだ。

少々遠方にある官舎に住んでいるのも、少しでも家賃を浮かせて実家に仕送りするためだ。

「それなら、すぐに迎えに行ってやるといい」

気合を入れていないと倒れそうな状況でも、立花は懸命に笑顔を繕った。

「大丈夫ですか？　実は本当に酔ってるんじゃ……」

しかしさすがに立花の様子に異変を感じたのか、それまでまったく相手にしていなかった樟の口調が変わった。

ここで立花が本当に酔っているのだとわかれば、樟はどうするのだろう。実家で暮らしている弟は大学生のはずだ。

弟と自分。

天秤《てんびん》にかけたとき、どちらが樟の中では重いのだろう。

試したい衝動に駆られたのは一瞬だ。当然、そんなことができるわけもなく、己の存在ざいました」


を天秤にかけること自体を諦《あきら》める。

「ああ、酔ってる」

間髪入れず笑顔で返すと、樟は眉間《みけん》に寄せていた皺《しわ》を緩めて安堵《あんど》の表情になった。

「そんなことが言えるなら大丈夫ですね。それじゃ、明日、職場で。今日はありがとうございました」

ぺこりと頭を下げて、樟は速足でその場から去りながら電話を掛けている。後ろ姿を見送ってから、立花は飛びそうになる意識をぎりぎりで引きとめてトイレへ向かう。そして個室に辿《たど》り着《つ》くと、便器を抱え込むようにしてその場にくずおれる。

もどしはしないものの、頭がぐるぐる回っている。

(情けないな……)

ザルだと思っていたのに、続けざまの醜態だ。

「若くないってことか」

突きつけられた現実に立花は薄く笑う。

樟も現実に気づいたのかもしれない。

ただひたすら、どこかゲームみたいに立花を追いかけ続けることが、彼の生きる目標だったのだろう。

同じ部署で働くことでその目標が達成された。さらに立花との関係も、ある意味成就したと言えるだろう。

それによって現実に立ち返ったのかもしれない。

今の自分の年齢。立場。背負ったもの。

立花の家に来れば、確かに家賃は浮く。

しかし上司とともに暮らすことを、どう説明するか。

最初のうちはいい。

これが何年も続いたとき、どうするのか。

二人の関係についても同じだ。

永遠に続くものか。結婚についても同じことは言えるが、男同士の間に結婚のように関係を縛りつける契約はない。

熱に浮かされていた時期は誤魔化せても、互いに冷静になったとき、傷つかないとは言えない。

立花自身、ただ恋に恋しているだけかもしれない。初めての経験だから、それを楽しんでいるだけかもしれない。人を好きになれた事実に感動しているだけかもしれない。

人目を気にして一緒に行動することすら拒まれている今、立花は樟を、電話一本で笑顔にできる弟の存在が羨《うらや》ましかった。

6

昭和の戦前期に建てられた六階建ての財務省の庁舎は、当然のことながら現在の耐震基準を下回っている。修繕計画は立ち上がっては消え、消えては立ち上がるを繰り返していたものの、近々ようやく耐震工事を行う方向で決まった。

朝の猛烈に混雑する地下鉄の駅から地上まで階段を上った立花《たちばな》は、目の前に建つ庁舎を眺めて大きなため息をついた。

今日は月曜日ではない。しかしこれから仕事をするのかと思うと、憂鬱《ゆううつ》な気持ちになってきた。

七月に入って、梅雨の時期が嘘《うそ》のような晴天が続いているのも、憂鬱さに追い打ちをかけている。おまけに昨夜の酒がいまだ血液の中に残っているようだ。

昨日は体調が落ち着くまで待ってタクシーで帰宅した。自宅ではとにかく水分を大量に摂《と》ってベッドに倒れ込むように眠った。朝になって目覚めたときにはさすがに眩暈《めまい》はなくなっていたものの、先週とは違い倦怠《けんたい》感が全身に残っていた。

ただ憂鬱なのは、二日酔いのせいだけではない。肌に纏《まと》わりついてくる梅雨の合間の晴れ間が憎らしい。

家を出る時間がいつもよりかなり遅くなってしまったせいで、ラッシュの地下鉄に乗る羽目になった。もみくちゃにされ朝のコーヒーを飲む気にもなれず、真《ま》っ直《す》ぐ財務省の庁舎へ向かった。

クールビズが推奨されていても、せいぜいジャケットを着なくなった程度で、外気温が下がるわけではない。

これまでなら、こういうときは美味《うま》い物を食べれば多少なりとも気が晴れた。だがさすがに昨日の今日で、さらに湿度も気温も高いとなると、食べられる物の選択肢が狭まりそうだった。

「さっぱりしたうどんか蕎麦《そば》かな……」

昼食のメニューを考えつつ、重たい足を引きずるようにして階段を上り、危機対策準備室のあるフロアまで辿《たど》り着《つ》いた。

席に着いてすぐ、用意してきたミネラルウォーターを飲んでいると、部署の電話が鳴った。立花が手を伸ばす前に、向かい側に座る榎木《えのき》が電話に出る。部署の最年少のせいか、ノーネクタイノージャケットで半袖《はんそで》シャツと、かなり涼しそうな格好だ。

「はい、危機対策……おはようございます、樟《くすのき》さん」

聞こえてきた名前に、立花は無意識に体を震わせる。手元の書類に目を通しながらも、耳は榎木に向いてしまう。

「はい……はい、そうなんですね。わかりました」

簡単なやり取りで電話は終わった。

「立花さん、おはようございます」

「おはよう。今の電話は……」

「樟さんです」

榎木は立ち上がると、部屋にあるホワイトボードの樟の名前の横に「午後から」と記した。

「午前中に用があるので午後からいらっしゃるそうです」

「そうなんだ」

別れ際、弟が急遽《きゅうきょ》泊まりにきたと言っていた。その影響だろうかと思うものの、特には触れずにいた。

「昨日、俺が帰宅したあとで、国際局から何か連絡があったらしいな」

「そういえば、何か本郷《ほんごう》さん、話していましたね。俺も昨日はほぼ定時に帰ったので詳しいこと知りませんが」

それほどたいしたことではないのだろうかと思っていた。が、九時に樟を除く全員が顔を揃《そろ》えたところで本郷から聞かされた話は、「たいしたこと」だった。

G20に参加予定だった、今回担当の財務省の職員の一人が、急性虫垂炎で倒れて不参加を余儀なくされたのだという。

本来であれば部署内で補充を出すところだが、人数および人員の都合で難しいという。

「それで、国際経済会議に詳しく経験者である人間に代打を頼めないかとのことだ」

会議自体の開催は二日間。準備もあるため、週明けの月曜日には出発せねばならない。

となると準備ができるのは実質土曜を含めて、今日をいれて三日だ。

「随分限定的な打診ですね」

危機対策準備室のメンバーは全員、国際会議に詳しい。だが経験者となると絞られる。

本郷、立花、樟の以上三名だ。

さすがに本郷が「代打」で出席するわけにはいかない。となれば立花か樟の二人だ。

「時間もないからな。仕方ないんだろう。表に立つことは当然のことながら元々の参加者が行う。ただ万が一の場合を考えて、サポートが必要なんだそうだ。それも事情がわかっている人間が相応《ふさわ》しい。結果、先方からの希望は立花だ」

他のメンバー全員の目が立花に向けられる。

「でしょうね」

立花は特別表情を変えずに応じる。事情を考えれば、自分に白羽の矢が立ってくるのは当然といえた。

「七月の最初の週末でしたよね。開催場所は……」

「ハンブルク」

（となるとビールとウインナーとプレッツェルか。暑い時期にはいいな）

最初に考えたのは、当然のことながら「食」だ。しかし会議に出席するのが目的である以上、食事に費やせる時間はあまりない。

「立花、行ってくれるか？　樟が来てから二人で相談してもらってから決めるのでもいいんだが」

「相談するまでもありません。樟はまだ正式辞令が出たばかりですし、状況から考えても俺が行くのが妥当です」

「先方は立花を希望しているわけだし、当人が了承しているなら、決定してもいいか」

「いいんじゃないですか」

片桐《かたぎり》が同意する。

「会議は二日間だから、前後合わせて部署を空けるのは一週間程度ですよね？　今の時期ならそのぐらい立花が不在でも問題ないでしょうし」

「鬼の居ぬ間に洗濯しといてください」

立花が言うと、「鬼だという自覚あるんだ」と桑島《くわしま》が真顔で言った。

それが合図となって、話し合いは終わる。

「先方にはこのあと連絡する。申請書類など事務的な手続きを急ぎで行うのと並行して、会議の資料を取り寄せておく。パスポートの写しは？」

「持ってます」

本郷の確認に、立花は即答する。

「コピーを一部もらえるかな。渡航準備もあるだろうから、その手続きが終わり次第、今日は帰るといい」

海外生活経験も長く多い立花にとって、海外への出張は国内出張と大差ない。特に準備もないのだがと言おうとするものの、視界の端をホワイトボードに書かれた文字が掠《かす》めていく。

「お気遣い感謝します。お言葉に甘えて手続きが終わり次第、帰宅します」

それから急ピッチで事務的な書類の手続きを行う。

同時に、会議に必要な資料が大量に届いた上に、メールも何通も送られてきた。中には立花たちが準備した書類も含まれているため、実際に事前に目を通す必要のあるものはさほどない。

今回の参加者リストに目を通して、立花はどうして自分が指名されたのかを理解した。参加者の中に、立花が大臣官房企画官だった時期に一緒に仕事をしていた人間の名前があった。今年四十歳になった芝本《しばもと》という男だ。

もう一人の候補に樟が入っていたのは、今回の会議に出席する世界銀行に在籍していたことがあるからだ。

立花も樟もひとつの部署にとどまらず、世界中を舞台に飛び回っていた。それにより日本国内に限らず世界中に顔見知りや仕事仲間がいて、いち早く世界の情勢を仕入れることができる。それゆえに時代の先読みも可能となる。

立花たちの持つ人脈や情報収集力はこういうとき役に立つ。実際に立花はすぐにかつての同僚に、挨拶《あいさつ》のメールを送った。するとすぐに折り返し電話が掛かってくる。

「立花で……」

『申し訳ない』

開口一番、謝ってきた。

「芝本さんが謝る話じゃありません。今回の件は仕方ないことで……」

『サミットに合わせてデモがいくつも計画されてるせいで、我々がハンブルクに入るその日から交通規制がかなり厳しくなる。だから、食事は原則ホテル内のレストランに限られてしまうようだ』

「……え」

なんの話をされているのか、立花は一瞬理解できない。

『ただ幸いなことに、ホテルのすぐそばに、評判のカレー・ブルストの屋台があるらしい。帰国後に改めてどこか美味い店に案内するから、今回はそれで勘弁してほしい』

続けられた説明で、ようやく話が見えた。

「俺に話すべきことって、それだけですか」

『もちろんだ。立花がどれだけ食に対して日々こだわりを持って生きているか、一緒に仕事をしていた当時に痛感させられた。だから今回どうしても立花に代打を頼みたいなら、必ずどこか美味い店に連れていくようにしろと打診した。だがデモのせいでどうにもならないようだ』

ため息混じりに言われては、苦笑するしかなかった。

「帰国後、楽しみにしています」

朝、憂鬱だったのがまるで嘘のように、電話を終えたときには、立花の気分はすっかり浮上していた。それだけではなく、驚くほどのやる気に満《み》ち溢《あふ》れていた。

事務的な作業も昼前には終了したため、予定より早く帰宅できることとなった。

「それでは、今日はお先に失礼します」

ホワイトボードに「帰宅」と記してから挨拶をすると、近くのデスクに座っていた片桐がわざわざ振り返った。

「なんだ、もう帰るのか？」

「はい。今日すべきことは終わりましたので」

「樟が来るの、待たなくていいのか?」

立花は握っていたマジックを下ろし、わざとらしく肩を竦《すく》める。

「どうして待つ必要があるんですか?」

この男が何をどこまで知っているのかわからない。だがとりあえず、武本《たけもと》を通して情報が筒抜けになっているのは事実だ。

だがあえて何も知らないふりを決め込むことにする。

「どうしてって……一応、あいつも今回の件で候補に挙がっていたらしいから」

顎《あご》を擦《さす》りながら言われて、立花は内心「しまった」と呟《つぶや》いた。過剰に反応してしまったかもしれないが、ここで表情に出したら相手の思うつぼだ。

「問題ないですよ。先方は俺が第一候補だったわけですし。どうしても樟が行きたかったと言っても、今日に限って午後からしか来られないというのは、運がなかったということです」

早口にそう言うと、会釈をして部屋を出る。そして階段を下りながらふと思う。

(もしかして、喋《しゃべ》りすぎたか?)

余計な詮索《せんさく》をされたくなかったのだが、かえって詮索する隙《すき》を作ってしまったかもしれない。

こんな風に己の発言をいちいち気にしなければならないことが、見えない枷《かせ》に思えてきてしまった。

再び重たくなる気持ちを振り払い、自宅まで久しぶりに地下鉄には乗らず歩いて帰ることにする。

頭上から照りつける陽射《ひざ》しの強さに、溶けそうな気持ちになる。だが流れる汗とともに塞《ふさ》いだ気持ちも一緒に流れていけばいい。

しかし六本木《ろっぽんぎ》二丁目交差点から飯倉《いいくら》方面に向かった辺りでスマホが鳴った。画面に表示される名前をちらりと横目で確認するものの、電話には出ない。そこからしばらく呼び出しは続いたのち、直後にラインにメッセージが入ってきた。

『今、話せますか？』

もしかしたら今頃職場に着いた頃か。

(予定より早いな)

昨日、なんらかの急ぎの件があるだろうと事前にわかっていながら、今日は午前中に急遽来られなくなった。そして自分が不在の間に立花のドイツ行きが決定していた。

候補には自分の名前もあったことを知った樟は、今頃慌てふためいていることだろう。

周囲の人間は、決定したときのやり取りを説明しているに違いない。決して立花は仕方なしに引き受けたわけではない。むしろ自ら喜んで承諾した。

だがその場にいなかった樟は素直に捉《とら》えられないだろう。今の樟の感情が手に取るようにわかる。樟は、立花が何を言おうと「自分が行く」と言い張る。それがわかっているから、電話に出るのが嫌だった。

樟はとにかく立花の本心が知りたいのだ。でも「樟の知りたい」立花の本心は、果たして樟の本心と同じなのだろうか。

自分でも、今のこの感情を持て余している。

樟と話したい。同時に、話したくない。

だからしばし画面を眺めたのちに、立花は短い返事をする。

『無理』

元々長文の返信はしない。スタンプも最初のうちはなんとなく使用していたが、性格に合わないのがわかって、頻度は減った。

だから短文であることに意味はないのだが、樟はそう捉えてくれない。

『移動中ですか?』

『今すぐでなくても構いません。用が済んだら連絡くれませんか』

『五分でも、一分でもいいです。直接話したいです』

続けざまにメッセージのみが送られてくるが、一緒に汗をかいている樟の顔が見えるようだった。

それでも立花の返信は変わらない。

『渡航の準備で忙しい』

それだけ送信すると、樟からの返信を確認することなくズボンのポケットにしまった。

飯倉片町《いいくらかたまち》交差点には、お気に入りの北京《ペキン》料理の店が二店ある。体調さえよければランチに寄りたいところだが、さすがに中華を食すだけの胃腸は戻ってきていない。

「帰国してからのお楽しみか」

芝本も奢《おご》ってくれると言っていた。

今回の件、立花にとっては渡りに船の状況だが、芝本はおそらく借りだと思ってくれている。

同じ部署で仕事をしていた期間は決して長くない上に、芝本のほうが上司だった。それでもその間に、芝本の中で立花は強烈な存在としてインプットされたに違いない。ここで下手《へた》に立花が遠慮するほうが、かえって芝本にはプレッシャーになるのかもしれない。

「フレンチがいいか。和食も捨てがたい。一ヵ所と限定されていないから、候補をいくつか挙げてみるのもありか」

麻布《あざぶ》通りに入ると、自宅まではあとわずかだ。

メトロの出入り口を過ぎると、一気に町の風情が変わる。活気があって賑《にぎ》やかで人情に溢れた下町風情のあるこの場所は、海外生活から戻ったばかりの立花には、しばらくのうちは窮屈で仕方がなかった。

祖母が行儀作法に厳しかったのは、すべて立花が困らないためにだった。手料理は全体的に茶色っぽかったが、孫の健康を考えて作ってくれる料理は優しい味がした。

立花が今作る料理の味は、祖母の料理が基本にある。

今になって、料理を教えてもらっておけばよかったと思う。でも祖母が他界した時期、立花は高校の寮で過ごしていた。見舞いにもほとんど行けず、葬儀のときにも号泣した覚えはない。

寂しかった。だがそれよりも葬儀の際、記憶にあるよりも小さな祖母の姿が印象的だった。

そんな祖母の遺言で、その家を立花が譲り受けた。しかし高校卒業後も、大学のときは大学近くのマンションで過ごした。当時は築四十年近い古い一軒家より、最新の設備のマンションのほうが気楽だった。

麻布の家へ戻ることを考え始めたのは、就職を前にした時期だ。

地下鉄の駅ができたことで交通の便がよくなった上に、隣接した地域に六本木ヒルズが開業する予定になっていた。

にもかかわらず、下町風情の感じられる商店街は賑やかな雰囲気が記憶のままだった。

さらに祖母の思い出の濃い家からは、不思議なほどの温《ぬく》もりが感じられた。

手入れしていない庭も家も荒れ放題だったが、そこかしこに祖母の気配が残っていた。

そこから水回りを中心に改修を行い、実際に住み始めたのは米国に留学をする直前だ。留守にしている間は両親に頼んで定期的に人に掃除に入ってもらい、帰国後はずっと麻布十番で過ごしている。

他のどの土地よりも一番長く暮らしているこの土地は、立花にとって「地元」だ。通い慣れたスーパーで買い物をして、行きつけの店で和菓子を購入する。観光客も数多く訪れる場所だが、生活している人も多い。

『立花さんは臨海地区の高層マンションに住んでいると思っていました。それなのに、いかにも家族が住んでいそうな戸建てに住んでいるのはどうしてかと不思議だったんです』

正直な感想を口にした樟は、この家に馴染《なじ》んでいた。

頼んでいないのに自分が寝かされていた和室の片づけをして、和室から出た庭の手入れもしてくれた。

洗濯物を干し、梅の木になった実を収穫してくれた。

梅の軸取りも『面倒だ』とぼやきながらも、立花と二人でダイニングテーブルで向かい合って作業した。

一年後にできる、今年漬けこんだばかりの梅酒を「飲みたい」と言った。

家に辿り着き、鍵《かぎ》を開けて中に入る。

朝出たばかりの場所の雰囲気は、以前とは違う。

『お帰りなさい』

誰もいないはずなのに、樟の声が聞こえてくる気がする。樟は当たり前のように挨拶してくれるのだ。

帰宅したときに迎えの挨拶をされるのは小学生のとき以来だった。

玄関を上がりダイニングに入ると、テーブルに買ってきた荷物を置く。乾物を棚にしまってから冷蔵庫の中身を確認する。

渡航期間は足掛け六日に決まった。

「日持ちしない野菜と食材はこの週末までに食べるか冷凍処理をしておかないと駄目になるな」

糠《ぬか》漬けも冷蔵庫に入れて寝かせておくことを考えると、場所をかなり空けねばならない。

一通り確認し終え、ある物で簡単に昼食を済ませると、急激な眠気を覚えた。昨夜の酒が完全には抜けていないのだろう。汗を流してから、髪も乾かさずにベッドに潜り込んだ。

まさに爆睡していたらしい。

目覚めたら六時を過ぎていた。

帰宅したのが一時近く。それから台所で一時間近く作業していたが、四時間ぐらい眠っていたことになる。

「そんなに寝ていたのか……」

完全に覚めていない頭を覚ますべく、ぼさぼさの髪を指で梳《す》いた。

元々眠りは浅く、人の気配で目覚めてしまう性質だ。

しかし樟がこの家に来るようになってから変わった。別々の部屋で眠っていても、人の気配があることで、不思議なほど安心できた。

「……全部樟のせいだ」

幼子が日々成長していくように、樟との再会を経て、立花は日々変化している。

今はまだいい。でもこの先自分はどうなってしまうのだろうか。

無意識のうちに、立花は樟に依存し始めているのかもしれない。

今はまだ、自分の足で立って自分の意志で物事を決められている。

だがこのままだと、常に樟の視線を意識し、樟の感情に左右されてしまいかねない。

互いに互いを想《おも》っているうちはいい。

でも、何かのきっかけに、気持ちが変わったらどうなるのか。

答えの出ないことを考えながら、ポケットに入れっぱなしだったスマホを確認する。そして画面を表示して笑ってしまう。

着信履歴とメッセージの嵐《あらし》なのだ。

故意ではないが、これほどまでに無視されたら、逆の立場だとどうなっていたか。

「この時間ならまだ省内か」

とりあえず定時は過ぎている。

ほんの少しの躊躇《ためら》いを覚える。

樟が何を話すつもりかはわかっている。そんな相手と何を話そうか。悩みながらも思い切ってコールをした瞬間、『はい』と返事があった。

(コール、一回鳴ったか?)

もしかしたら、立花からの連絡を今か今かと、スマホを抱えて待っていたのだろうか。

『すみません!』

そして立花が口を開くよりも前に謝罪してきた。

(似たような状況が昼間にもあったな)

芝本からの電話を思い出した途端、立花は電話口で笑ってしまった。

『何を笑っているんですか?』

事情のわからない樟の声からは苛立《いらだ》ちが感じられる。だが電話を掛ける直前とは違い、気持ちが落ち着いてきた。

「悪い。思い出し笑いだ……。それより君は何を謝ってる?」

話をすぐ本題に戻すと樟は黙り込んだ。

「ドイツの件なら君に謝られる理由はない。候補に俺と君の二人の名前は挙がっていたが、本命は俺だったらしい。だから俺が行くのは妥当だろう?」

『でも』

「もし君がドイツに行きたかったとしてももう遅い。大体昨日の段階で、今日何かあるかもしれないと知っていた。それなのに午前中に来なかった。ということは、チャンスを自ら逃したということだ」

『でも理由は立花さんも知っていたはずで』

「突然、君の弟さんが上京してきたことは知っている。でも翌日君が遅刻することになった理由は知らない」

わざと突き放すように言うと、電話の向こうで樟が黙り込む。

しばし沈黙が続く。

実際には十秒にも満たない時間が、立花には永遠にも思えた。

『――今週末、泊まりに行ってもいいですか』

鼓膜を揺らす、懇願にも似たような響きに、立花は静かに答える。

「申し訳ないが、渡航の準備で忙しいんだ」

これは嘘ではない。場合によっては土日も準備のために出勤しなければならないと覚悟している。

『俺にできることなら、なんでも手伝います。邪魔しません。泊まるのがご迷惑なら、少しだけでも会いに行ったら駄目ですか？　金曜日の仕事のあとで少しだけ寄らせてもらうのでもいいんです』

「悪いが、余裕のない状況で他人の面倒まで見られない」

樟が初めてこの家に泊まったときと同じで、立花はあえて「他人」という言葉を使う。その意図を樟は理解しているだろう。

その後、樟は『わかりました』と言って電話を切った。

おそらく職場で直接顔を合わせたら、樟はまたなんらかのリアクションを起こしてくるだろうと思えた。だから意識的に避けていたのもある。しかし予想していた以上に渡航準備に忙しく、G20参加者たちとの顔合わせや打ち合わせと、庁舎内を走り回った。それゆえ、顔を合わせる機会は金曜日までの間で数える程度で、話をする時間は皆無だった。

そして予想したとおり、金曜日の仕事は深夜にまで及び、さらに土曜日の出勤も余儀なくされた。それでも、会議に参加する上で十分な準備が整った。

思っていたより厳しいスケジュールになったのは、立花の合流が決定したことで、予定になかった担当が増えたためだ。

さすがに春先の、一ヵ月に及ぶ過酷な状況よりはマシだが、短期決戦だった分、余裕がなかったのがさすがに厳しかった。

それでもなんとか日曜日まで出勤せねばならない状況だけは避けられた。

安堵《あんど》して家に辿り着いた立花は、中に入った瞬間、驚きでその場で硬直した。

この数日、家にはただ寝るために帰るだけで、冷蔵庫の中の片づけもできない状況だった。

ダイニングテーブルには書類と資料が堆《うずたか》く積まれ、洗濯物は干すだけで精いっぱいだったはずなのに――書類は整理され、洗濯物が綺麗《きれい》に畳まれている。

もしやと思って冷蔵庫を確かめると、捨てようと思っていた物はなく、冷凍せねばならないものが冷凍されシンクの生ごみは処分されている。

和室も片づけられ、家全体がこざっぱりしている。

「新種の泥棒か……」

最初、怪訝《けげん》に思い強張《こわば》っていた気持ちが、次第に緩んでいく。

そして、キッチンに置かれた袋とそこに添えられた泥棒の残したメモに気づく。

「下手な字だな」

というよりは雑だ。樟の手書きの文字はほとんど目にする機会がない。だからどんな文字を書くのか想像したことはなかった。

例えるなら、中学生が書くような文字だ。元気で雑でバランスが悪い。爽《さわ》やかで凛々《りり》しい樟と、この文字が一致しない。

『鍵を借りて中に入りました。庭側の窓の鍵が開いていました。不用心ですから気をつけてください。袋の中身は差し入れです。しばらく日本の物が食べられなくて恋しくなると思ったので。お勧めの豆大福です。好みに合うといいのですが』

店の名前の書かれた趣のあるオレンジ色の包み紙を開けると、赤エンドウ豆がぎっしり詰まった大ぶりの豆大福が入っていた。

立花はあまり和菓子に詳しくないものの、この店の名前だけは知っていた。午前中で売り切れるほどの人気店だ。

立花が避けているのを感じたのだろう。樟はあの日以来、一度も電話もラインもしてきていない。

今日、立花が出勤予定のことは樟も知っている。

だから不在の間に来られるように、開店と同時に購入できるように店に向かい、家に辿り着いたら部屋の掃除をして洗濯物を取り込んでくれたのだろう。

「うちに来る気があるなら、どうして先週や先々週に自分から言わないんだ」

沸かした熱い湯でお茶を淹《い》れて、樟の買ってきてくれた大福を食べる。

「甘い……」

そして美味い。

伸びる軟らかい餅《もち》に緩めの餡《あん》。そして何よりゴロゴロ入っている、少し塩味の感じられる豆とのバランスが絶妙だ。

濃い目に淹れたお茶と合う。ずずずっと茶を啜《すす》っていると、鼻がぐずぐずしてきた。その洟《はな》をかもうとしたらスマホが鳴動する。

「樟……のわけはないか」

表示された『武本』の名前に、喜んで落胆する。よくしつけられた大型犬は、飼い主の命令に基本的に従う。

「教えてくれ、武本」

相手が言葉を発するよりも前に立花は訴える。

『なんだなんだ。電話したのは俺なのに……』

「樟と再会してから俺は忙しくてたまらない」

『忙しいって、週末に飯作ったり梅酒漬けたりしているからか』

「違う」

それもある。でも食事を作るのはこれまでにもしていたことだ。生きていくためには必要なことだ。

「怒ったり苛立ったり喜んだり泣いたり……忙しくてたまらない」

溢れる想いを言葉にした途端、目に溜《た》まっていた涙が溢れ出してきた。頬《ほお》を濡《ぬ》らすそれが涙だと気づかないまま、立花は樟の買ってきてくれた大福を頬張る。

「大福が甘いんだ」

『大福？』

「樟が買ってきてくれた」

甘くて柔らかいこの味は、樟を思い起こさせる。さしずめ、自分は餡だ、柔らかい樟に包まれている。

「大福が好きだと言ったことはない。食べれば美味いと思う。特別に大福が好きなわけじゃない。それなのにどうして今、こんなにも俺は幸せなのだろうか」

電話の向こうで武本は静かに立花の話を聞いている。

『――よかったな』

そして訳もわからないだろうに静かにそう言った。

『人とのつき合いっていうのは面倒だ。どれだけ好きな相手でもその人は自分ではない。考え方も生き方も違う。ぶつかるし苛立つ。そうやって少しずつ相手のことを知っていく。怒ったり泣いたり笑ったり、忙しくていいじゃないか』

武本の言葉に、立花は無言で頷《うなず》いた。

7

ドイツ北部に位置する港湾都市であるハンブルクにて二日間に亘《わた》って開催されたG20は、参加国の首脳宣言によって閉幕した。

先進国のトップが様変わりすることで、経済の権力機構にも変化が現れた結果、従来のサミットとは全体の方向性も異なっていた。

それゆえ世界的な大枠の取り決めが優先され、経済の細かな綻《ほころ》びについて修正を定めるまでにはいかなかった。

急遽《きゅうきょ》、財務大臣・中央銀行総裁会議に参加した立花《たちばな》だったが、この結果はあらかじめ予測できたものだった。参加者たちのほぼ全員が、今回のサミットの流れはわかっていただろう。

そのため、どこか上《うわ》っ面《つら》を撫《な》でるだけで終わった感はある。だが途中で予想を覆す展開になるよりは、遥《はる》かに健全な状況に思えた。

「立花。本当に先に帰国するのか?」

しかし立花はその首脳宣言の前に、財務大臣・中央銀行総裁会議が終了した段階で帰国できるよう、準備を済ませていた。

元々自分は「助っ人《すけっと》」だ。事情が変わって多少すべきことは増えても、あくまで役割が変わったわけではない。

そしてすべきことはすべて済ませ、役割も終了した。

サミット全体の終了まで待たねばならない義務はないため、日本を発《た》つ段階から芝本《しばもと》には伝えていた。

どうしても自分が残らねばならない事情のない限り、己の役割が終わった段階で帰国する、と。スーツのまま飛行機に乗らねばならないのが難だが、着替えを持ち歩くのも面倒だった。

芝本は承諾した。

しかし実際に、正午過ぎ、他の参加者がホテルに戻るのとは異なり、キャリーバッグを引きずって空港へ向かう立花の姿には驚いたようだ。最初から話をしていた立花にしてみれば、再度芝本に確認されるのが不思議でならない。

「本当にも何も、最初からお話ししているとおりです」

「だが……」

立花は時間を確認する。

「会場周辺が混雑していて空港まで時間がかかりそうなので、これで失礼します。帰国後、食事に連れて行ってもらうのを楽しみにしています」

芝本の話を途中で終わらせると、会議場前からタクシーに乗り込んだ。

サミット開催にあたっていくつものデモが予定されているため、近場は全面的に道路が封鎖されていて、周辺の居住者はかなりの不便を強《し》いられている。

迫ってくる飛行機の時間に焦りを覚える。

一人になって、ようやくほっと息をつける。

月曜日に日本を出た。そして今日は金曜日。サマータイムを実施しているドイツと日本の時差は現在七時間。

ハンブルクから日本まではデュッセルドルフを経由して、乗り換え時間を含めて十六時間半ほど。ハンブルクを今日、金曜日午後三時過ぎに出発して、成田《なりた》到着が土曜日の午後三時過ぎとなる。

サミット参加者の報告書を月曜日に提出したあとは、仕事の状況次第で数日の代休をもらえる予定になっていた。

多少の渋滞に巻き込まれたため途中から鉄道に乗り換えたことで、思ったより早く空港に辿《たど》り着《つ》いた。

子どもの頃、海外で生活しただけでなく、就職してからも留学や会議のため国内外を飛び回っている。旅は慣れていても、空港で駐機場に停泊する飛行機を眺めていると、心が浮き立ってくる。

旅行で訪れているなら、展望台でのんびり飛行機を眺めているところだが、さすがにそこまでの余裕はない。

手続きを済ませ保安検査場を抜けてから、ラウンジへ向かう。そこでようやく、念願の白ビールを飲める。残念ながらウインナーソーセージはなかったものの、一口飲んだところで、ようやく息が吐《つ》ける気がした。

（さすがに緊張していたらしいな……）

気を緩めると上下の瞼《まぶた》がつきそうになる。それを堪えてパソコンを開こうとした。

「すみません。日本のＭＯＦのタチバナさんですか？」

流暢《りゅうちょう》な英語で問われて振り返ると、上背のある典型的ゲルマン系のスーツ姿の男が立っていた。

柔らかそうな金色の髪のせいかかなり落ち着いて見えるが、おそらく自分とあまり年齢は変わらないだろう。

一瞬にして頭のてっぺんから足の先まで眺めるものの、見覚えはなかった。しかしここで立花に声を掛けてきたということは、会議の出席者だろう。

「そうですが、貴方《あなた》は？」

「失礼しました。私は国際復興開発銀行のユージン・プレストンです。先ほどの会議でお見かけしたのですが、声を掛けそびれてしまいまして。そうしたらここでまたお会いしたので、プライベートの場だと思ったんですが、どうしても我慢できずに声を掛けてしまいました」

「こちらこそ気づかずにすみません。財務省国際局の立花斎樹《いつき》です」

伸ばされる手をしっかり握り、改めて自己紹介をすると、ユージンと名乗ったアメリカ人は満面の笑みを浮かべた。

「噂《うわさ》に聞くタチバナさんにお目にかかれて光栄です」

「噂？」

「エイスケ、樟《くすのき》 栄佑《えいすけ》とワシントンで一緒に仕事をしていたことがあります」

　樟は春に日本に戻ってくるまで、在米日本大使館で外交官として勤務していた。その頃、ＦＲＢこと米国の連邦準備制度理事会や米国のシンクタンクとのかかわりができたのだと、ユージンは簡単に説明してきた。

「それでどうして俺が噂に？」

「米国の金融関係者にはタチバナさんの名前を知っている人は多いです。大学で一緒に勉強していた仲間もいます。そんな中で、エイスケはすごかった」

「すごかったって、何がですか」

話がまったく見えてこない。

「エイスケはアメリカにいる日本人の中でも頭の回転が速くて鋭い。人柄も素晴しい。あらゆる人から好かれていた。だが誰にもなびかなかった。エイスケの心の中に、いつもタチバナさんがいたからです」

「俺、ですか」

「エイスケは自分が褒められると、貴方の名前を挙げました。タチバナさんに比べたら自分は全然なんだと。どんな人なのかと揶揄《やゆ》すると、平然と綺麗《きれい》な人だと惚気《のろけ》ました。綺麗で仕事のできる素晴しい人なのだと。恋人でも友達でもなくただ憧《あこが》れているだけの人だとも言っていましたが」

自分のまったくあずかり知らぬところで、樟が立花の話をしている。でもどんな風に話をしているか、その様子が容易に想像できてしまう。

嬉《うれ》しそうに満面の笑みを浮かべ目尻《めじり》を下げ、まるで自分のことのように語るのだろう。

『立花さん』

不意に樟が自分の名前を呼ぶ声が鼓膜に蘇《よみがえ》る。

聞いているこちらが恥ずかしくなるようなことを、平気で語る。その樟の言葉に嘘《うそ》はない。

優秀で見目もよく人間的に誰からも愛される男のたったひとつの弱点。

それが立花に執着しているところだ。

『何を言っているんですか。立花さんに追いつきたい、追い越したいと思っているから、今の俺がいるんです』

立花がそう言えば、絶対に樟はそう反論するだろう。

「今回のサミットに参加なさると知っていれば、事前にエイスケに連絡を取っておいたのですが、全然知らなかったので突然に声を掛けて失礼しました」

ユージンは嬉しそうに語る。

「こちらこそ、まさかこんな場所で樟の友人に声を掛けてもらえるとは思わなかったので驚きました。帰国したら、必ず樟にお会いしたことを伝えます」

丁寧に挨拶《あいさつ》を返す立花の顔を、ユージンは嬉しそうににこにこ笑いながら眺めており、何か言いたげにしているように思えた。

「何か？」

「すみません。不躾《ぶしつけ》に眺めてしまって。初めてお会いしたんですが、どうも初めてのような気がしなくて」

ユージンは目を細めて笑った。

「エイスケが日々語っていたんです。とても綺麗で優しい人なんだと。実際にお会いしたタチバナさんは、エイスケの語っていた以上に綺麗な人でした。エイスケが貴方に心酔するのもわかるような気がします」


国内線でデュッセルドルフまで移動後、成田行きの国際線の飛行機に乗り込んだ。

機内の小さな窓から見える外の景色は闇《やみ》だった。

照明も落とされた中、立花は個別の小さなライトの下で眺めていたノートパソコンの蓋《ふた》を閉じる。

夕食を摂《と》り終えたら、すぐにでも眠るつもりでいた。しかしやけに目が冴《さ》えて頭も明《めい》瞭《りょう》だ。

ラウンジで会ったユージンとは、あのあと名刺交換をして別れた。近々日本に来る予定があるらしく、そのときには三人で会いたいとのことだった。

終始笑顔だったユージンの、蒼色《あおいろ》の瞳《ひとみ》が、閉じた瞼の裏に蘇ってくる。彼の自分を見つめてくるその表情を見ていれば、樟がどんな風に語っていたか想像ができてしまう。

樟がユージンたち友人に語っていた頃の立花は、空っぽの存在だった。

見た目はどれだけ装って常に笑顔を保っていても、誰に対しても正面から立ち向かうことができないまま成長してしまった欠陥人間だった。

そんな人間も樟というフィルターを通すと、立花のなりたい人間になるのかもしれない。綺麗で優しく仕事のできる素晴しい人。樟の口からではなく改めて樟の友人の口から聞かされる自分の姿は、まるで知らない誰かのようだ。

ドイツ行きを承諾したのは、物理的にも状況的にも、樟と距離を置き頭を冷やすためもあった。

会いたくても会えない、会いたくなければ会わなくて済む状況を無理矢理作り出すことで、冷静に自分の気持ちと対峙《たいじ》することができると思っていた。

だがあまりに多忙すぎて、時間の上でも気持ちの上でも、樟のことを考える余裕はまったくなかった。そしていざすべてを終えて帰国するタイミングで、偶然の巡り合わせによって、樟の優しさに触れてしまった。

名前を聞くだけで、彼の自分に対する想《おも》いに触れただけで、胸が締めつけられ熱くなってしまった。

そしてどうしようもないほどに、樟に会いたくなった。

冷静に自分の気持ちと対峙する必要もない。言い訳をしてもしょうがない。もうわかっている。

(とにかく会いたい。会いたくて会いたくてしょうがない)

一緒に暮らすことになろうともならなくとも、もうどうでもいい。会いたいときに会えて、一緒に過ごしたいときに過ごせるだけでいい。今すぐに決められないなら、いつか来るかもしれない「終わり」のときまで、一緒に過ごせればいい。

『人とのつき合いっていうのは面倒だ。どれだけ好きな相手でもその人は自分ではない。考え方も生き方も違う。ぶつかるし苛立《いらだ》つ。そうやって少しずつ相手のことを知っていく。怒ったり泣いたり笑ったり、忙しくていいじゃないか』

答えを急がなくてもいい。中学生の恋愛だと笑われてもいい。この先二度とセックスできなくても――たまに休日の昼間に、庭を眺めながらお茶を飲んで大福を食べる時間が取れればいい。

（成田に着いたらすぐに電話をしよう）

ドイツに来る前には、大福の差し入れの礼も言えなかった。最初にその礼を言わなくてはならない。

そしてつまみを作って、土産《みやげ》に買った赤ワインを一緒に飲みたいと伝えよう。ドイツで食べられなかったカレー・ブルストを作ってもいいかもしれない。

樟は果たして立花を許してくれるだろうか。そしてまた家に泊まりに来て週末を一緒に過ごしてくれるだろうか。

不安に思っていても始まらない。だからすべては成田に着いてからだ。

そんなことを思っている間に、いつの間にか眠りについていたらしい。気づいたときには、成田に到着する一時間前になっていた。

荷物は機内に持ち込んでいたため、成田に到着してイミグレーションを終えたのち、すぐに到着ロビーに着くことができた。

肌に纏《まと》わりつく暑さに、日本に帰国したことを実感する。

出迎えの人々の間をぬって、リムジンバス乗り場へ向かう。そして列に並んでいる間に、スマホを確認する。

「武本《たけもと》と片桐《かたぎり》さんと……」

期待と不安を覚えながら着信履歴を確認する。だがそこに期待した人の名前はなかった。

逆の立場だったとして、立花も連絡はできない。そして帰国後の連絡を待つ。樟も同じだろうと願う。

だから躊躇《ためら》いを覚えつつ、立花は樟の番号に連絡をしてみる。

登録した番号を確認し呼び出し音の間にシミュレーションをする。

帰国の報告と、大福の礼。ユージンに会ったことを伝える。それから——と思っているが、電話は出ることなく留守番電話サービスに切り替わってしまう。

「電話に出られないのか?」

もう一度連絡をするが結果は同じだった。土曜日だから、出かけているのかもしれない。実家に帰っているのか。樟には樟の休日の過ごし方がある。自分の都合よく、常に電話に出られるわけではない。

そう思いつつも、落胆する気持ちは完全には抑えられない。だが日本に戻ってくるまでの間に、気持ちの切り替えはできている。

会いたいと思うその気持ちに従う。

ならばとラインにメッセージを残しかけてやめる。せっかくだから、やはり直接声で伝えたい。

リムジンバスに乗り込んでから、連絡をくれていた片桐と武本には帰国の一報を入れた。

土曜日の昼間の時間帯のため、多少の渋滞はあったものの、ほぼ予定どおりの時間で六《ろっ》本木《ぽんぎ》まで辿り着いた。そこからタクシーに乗り換えて自宅へ向かう。

「この一週間のうちに梅雨が明けたんで、連日、猛暑が続いています」

冷房を効かせている車内でも、運転手は暑そうだ。

「明日はこの夏の最高気温になると言ってました」

予想気温を聞いただけで溶けそうだ。五日間しかいなかったが、ハンブルクとの気温差が体に堪《こた》える。

約一週間、不在にして閉めきっていた自宅もかなり暑いだろう。

(そういえば、エアコンがまだ入っていなかった……)

と、考えたところで、立花ははっとする。

先日、樟とともに、一階の台所と和室用にエアコンを購入しに行った。すぐにでも設置してもらえると思っていたが、既にかなり混雑していて、先の予定を組んだ。

(あれ、いつだった?)

スマホのスケジュールには記されていなかった。だが確か週末に予定を組んだはずだ。

(今日、だったか)

いかんせん記憶が曖昧《あいまい》だ。だが多分そうだ。土日しか無理なため、先延ばしになっていたのだ。当日も時間が確定しないため、事前に連絡をくれると言っていた。先方に伝えたのは自宅の電話番号だ。

(すっかり忘れていた)

店に連絡しようにも、購入の際の書類はすべて自宅に置いてある。

この暑さにもかかわらず、次に設置工事を頼めるのはいつになるのか。むっとした暑さの部屋を想像しただけでうんざりしてきた。

「お客さん」

思わず項垂《うなだ》れていると、運転手に声を掛けられる。

「この先だと思うんですけど、車が停《と》まっていて……」

言われて周囲を見ると、自宅近辺に辿り着いていた。

「ここで降ります。ありがとうございました」

料金を支払いタクシーを降りた立花は、ちょうど自宅の前にワンボックスカーが停まっていることに気づいた。なんだろうかと思いながら門を開けると、玄関の前に段ボールの空き箱があった。

「……それじゃ、よろしくお願いします」

開いた扉から作業服姿の男が出てくる。

「すみません……」

男は立花に気づくと頭を下げてくる。

「お疲れ様です」

事情がわからずにとりあえず挨拶をする。

「今、空調機器の設置工事終わりましたので、よろしくお願いします」

礼儀正しく言う男に頭を下げてから、立花は玄関の中に顔を向ける。

「立花さん？　早かったですね」

そこにはポロシャツにチノパン姿の樟が立っていた。

「樟」

どうしてここに樟がいるのか。

「この間、一緒に買いに行ったエアコンの設置工事が今日だったのを思い出したんです。立花さん、ドイツに出張中だし、余計なお世話かもしれないと思ったんですが、勝手に入らせてもらいました」

立花の疑問に応じた樟は、立花の荷物を受け取って部屋の中に運び入れる。

「でもよかったです。この土日、最高気温を更新すると天気予報で言ってたんです。帰国して疲れているところにこの暑さじゃ、さすがの立花さんも参っちゃうところでしょう」

台所に入った瞬間、涼しい空気が流れてくる。

「今、動作の確認していたところでした。保証書と説明書はまとめてテーブルに置いてあります。和室も涼しくなるか心配していましたが、襖《ふすま》を開け放てば大丈夫ですよ」

出発前、書類や荷物でぐちゃぐちゃになっていた部屋は、綺麗に片づけられていた。が、和室には大きな段ボールがいくつか置かれていることに気づく。

「すみません。それ、俺の荷物です」

背後に立った樟に言われて、立花は振り返る。

「事前に確認してからと思ったんですが……契約更新の時期が迫っていたので、とりあえずすぐに運べる物だけ移動させてきました」

「え?」

どういうことだ。

「家電や家具は、弟が大学の近くで今度一人暮らしをすることになったので、大半は持っていきたいと言ってるんです。だから俺の荷物は着替えとパソコン関連だけで……家電は立花さんに確認してからと話はしてあるんですが……」

「契約更新……」

「来月なんです。ですが可能なら早く入居したい人がいるとの話で。予定より前倒しで空けられるならその分、少しサービスしてくれるらしいので、急遽片づけを始めているところです」

帰国したばかりで、体も心も疲れているのか。立花は樟が何を言っているのかよく理解できなかった。

「弟さんが……」

「あのときはすみませんでした。この間、突然うちに来たのはその件だったんです。一人暮らしをするかもしれないという話は聞いていたんですが、母親に反対されていて俺にアドバイスをくれとのことで」

樟は説明している間も、立花を椅子《いす》に座らせて冷えたお茶と水ようかんを出してくれた。

「作業の人用に買ってきたものです。ビールも冷えてますが」

「いや、お茶でいい」

予想外の展開に戸惑いつつも、冷茶で喉《のど》を潤し、甘い水ようかんを食べることでほっとひとごこちつける。

同時に、混乱していた頭も少しずつ整理できてきた。

樟の部屋の契約。

樟の弟の一人暮らし。

運ばれてきた樟の荷物。

「出張、お疲れ様でした。それから本当にすみません。ありがとうございました」

立花に向かって樟は改めて頭を下げてくる。

「結果からも、経緯からも、立花さんが行くべき状況だったということも、謝る話ではないと立花さんはおっしゃるとわかっていますが、俺の気持ちの問題として、きちんとお伝えしたかったんです」

立花は何も言わずに樟を見つめる。

「ですが、次に何かあるときには、俺に頼みたいと言われるぐらいになりますので、よろしくお願いします」

上げられた樟の顔は自信に満《み》ち溢《あふ》れていた。

おそらく今回の件は立花に申し訳ないと思うのと同時に、自分よりも立花を求められていたことにも、思うところがあったのだろう。

「思うのは勝手だが、百年早いな」

立花が笑いながら返すと、樟は少し驚いたような表情を見せるが、すぐに破顔した。

「それよりも、荷物のこと」

「すみません。和室に置いたら駄目ですか？」

「いや、そうじゃなく」

立花の反応に、今さらながらに樟ははっと息を呑《の》む。

「もしかして、家に来いと言ってくれたのは冗談だったんですか？」

この温度差は一体なんなんだろうか。

「本気だ。本気だが、あのあと君、その件についてまったく触れなかったじゃないか」

「それは、立花さんが何も言ってくれないから」

「君から話すのが当然だろう。俺は伝えるべきことは伝えていたわけだし」

「そんなことありません。官舎の契約期間があるから、実際に引っ越してこられるのは少し先になると言ったじゃないですか」

「聞いていない」

立花が言うと、樟は何か言おうと唇を動かすものの、そこで言い淀む。

「なんだ？」

「いえ、いいです」

「よくない。言いたいことがあるなら言えばいい」

立花が強く言うと、樟は「怒らないでください」と前置きをした。

「うちでセックスした直後に言ったから、立花さん、覚えてないのかも……」

「……なっ」

一瞬にして、頭が沸騰したかのように熱くなる。

「き、君は、突然に何を」

「俺は俺でものすごく気を遣ったんです。あのとき、立花さんの優しさにつけ込んで成り行きみたいに最後までしちゃったけれど、実は後悔しているんじゃないかとか、そこまでのつもりはなかったんじゃないかとか、俺を憐《あわ》れんで相手をしてくれただけじゃないかとか……」

「ふざけるな」

恥ずかしい樟の発言をしばらく黙って聞いていた。だがさすがに我慢ならなかった。

「誰が憐れみだけで、あんなこと……」

そこまで言ってはっと息を呑む。樟はその発言を聞き逃しはしなかった。

「今の、本当ですか」

立花は咄嗟《とっさ》に視線を落とすが、樟はそんな立花の手をテーブルの上で摑《つか》んでくる。

「あのとき、立花さんの気持ちを確認できなかった。だから次は立花さんが、心からしたいと思ってくれるまではしないと決めていました。立花さんはどう思っているか、教えてくれませんか」

腕を掴んだ指に力が込められる。

「俺は……男だから」

そこで一度言葉を切ると樟がわずかに体を震わせる。

「いざ抱いてみたらよくなかったのかと不安に思っていた」

「そんなことありません！」

立花の言葉を、樟は全力で否定する。

「あのときのこと、覚えてないいんですか？　立花さんは初めてだから、最後までするつもりはなかったんです。でも立花さんがあまりに可愛《かわい》くて……止まらなくなって……」

あまりに力いっぱい宣言している事実に、多分途中で気づいたのだろう。後半、言葉が途切れがちになる。

「……すみません。つい、ムキになって」

「三十半ばの年上の男相手に、可愛いとか言うな」

照れ隠しに言うと「それは無理です」と即座に否定される。

「俺にとっての立花さんは可愛くて綺麗で格好よくて、永遠に変わらない憧れの存在です。それは立花さんに言われようと変わりません」

強い口調で言った樟は席を立った。そして手を掴んだまま立花の横に移動してくる。

「お帰りなさいって、言っていませんでした」

改めて樟に言われて、立花の胸が熱くなる。

「ただいま」

当たり前の挨拶が、これ以上ないほどに嬉しい。そんな立花の唇に、樟は自分の唇をそっと重ねてくる。

「ん……」

触れた瞬間、全身に電流が走り抜けたように震えた。

初めて唇を重ねたときのような新鮮で強烈な感覚に、頭がくらくらしてくる。

いつ以来なのだろう。

そしてどれだけ自分はこの感触を待っていたのだろう。

会えなかった日々。

会えても心のすれ違っていた日々。

それらを乗り越えての口づけに、幸せが溢れてきそうになる。

樟もきっと同じ気持ちなのだろう。

最初は軽く啄《ついば》むだけのキスが、次第に座った立花に伸《の》し掛《か》かるように、貪《むさぼ》るような濃厚なキスになっていった。

閉じていた唇を開かされ、そこから舌が口腔《こうこう》内に伸びてくる。

軽く触れ合うだけでは済まされず、激しく絡みついてきた。

恋愛初心者だった立花にとって、ただ唇を重ねるだけの挨拶ではない、愛撫《あいぶ》にも似たキスはハードルが高かった。しかし舌の艶《なま》めかしい感触に戸惑ったのはわずかだ。

「ん……」

唇の角度を変えるたびに深くなる重なりに、零《こぼ》れ落《お》ちる吐息にも艶《つや》が混ざっていく。

これまでのキスと今日のキスは何かが違う。

触れ合った部分から体が溶けあうような感覚がある。

違う。溶けてしまいたい衝動に駆られている。どろどろに溶けて、気持ちよくなりたい。この感覚は、セックスへの衝動なのかもしれない。

鼓動が高鳴って全身が疼《うず》いてくる。樟の手が着たままのスーツの裾《すそ》に伸びてきたところで、立花ははっと我に返って軽く胸を押し返した。

「……すみません。帰国したばかりで疲れているのに」

弾《はじ》かれたように立花から離れた樟は慌てて謝ってきた。そんな樟を立花は上目遣いに見上げる。

「とりあえず着替えたほうが……その前に風呂《ふろ》に入って汗を流しますか。すぐにバスタブに湯を溜《た》めるので……」

「──君、は?」

膝《ひざ》の上に置いた手をじっと見つめる。

「え?」

「樟は入らないのか?」

「俺は立花さんのあとで入ります。エアコン設置してもらうのに、片づけをして汗をかいたので……」

「……それなら一緒に」

「え?」

「一緒に、シャワーを、浴びないか」

口に出した己の言葉を後悔する前に、立花は返事を聞くよりも前に、樟の手を強く摑んでいた。

8

自分から言い出したとはいえ、いざ一緒に風呂《ふろ》に入る段になったら、強烈な羞恥心《しゅうちしん》が立花《たちばな》に湧《わ》き上《あ》がってきた。

おそらく樟《くすのき》も同じなのだろう。誘いに驚きながらも応じているものの、図体《ずうたい》の大きな男二人が並んで立つと、肩が触れ合うほどの狭い脱衣場では、立花に背を向けたままだ。さすがに先に上着は脱ぎ、ネクタイは外してきた。だがそこから先に二人して進めない。

気持ちも心も体も昂《たかぶ》っているのに、最後の理性と羞恥心が邪魔をする。シャツのボタンひとつを外すのに、震える指のせいでどれだけの時間がかかっているか。

（くそ……っ）

もどかしさに苛立《いらだ》つ立花に気づいているように、樟は覚悟を決めたのか勢いよくシャツを脱ぎ捨てるのがわかる。

「立花さん」

名前を呼ばれた瞬間、全身を震わせながらも立花が振り返ると、鍛えられた樟の体が目に飛び込んでくる。

着痩せするのだろう。思っていたより逞《たくま》しい体を目にした瞬間、驚くほどに鼓動が高鳴った。急激な口の渇きを覚え、視線を上げることができない。

樟はそんな立花の、まだ開けきっていないシャツのボタンに手を掛けてきた。微《かす》かな温《ぬく》もりに立花が体を震わせるのに気づいて、一瞬動きを止めるものの、樟は手を放すことはない。

「指が震えてる」

「緊張していますから」

気を紛らわせるべく立花が茶化すように言うと、樟は真顔で答える。

上から順に、ひとつずつゆっくりボタンの外されていく様を、立花はじっと目で追いかける。その間、こめかみの辺りで強く脈が打ち、心臓が口から飛び出てきそうだった。

「前回は夢中で、二人ともほとんど脱いでいませんでしたから」

(そういえばそうか……)

樟に言われて気づく。

つまりこうして互いの裸を見るのは初めてに近いのかと思うと、さらなる羞恥を覚えてしまう。

「俺の裸なんて、学生の頃に見てるだろう?」

「もちろん見てますよ。上半身だけですけど」

だから冗談めかした立花の言葉に、今度も樟は当然のように応じる。

「見てるのか?」

半ば冗談で聞いたのに。

「体育祭の練習のあと、面倒で実行委員室で着替えていたときがあったんです。立花さんは周りの目を気にすることなく平然とシャツを脱いでいましたけど、その裸に俺の目は釘《くぎ》づけでした」

樟の語る過去が、立花の過去とすぐには重ならない。

「君が中一のときか?」

「二年になってました」

思い出そうとしてもすぐには思い出せない。

だが樟の言うように、実行委員室で着替えていたのは間違いない。

微かな記憶の中に存在する中学二年の樟は、およそ今とは違っている。少年体型であどけない表情をしていて、およそ性的衝動とはかけ離れているように思えていた。

「まさかそのときから俺とこうしたいと思っていたのか」

「思ってました」

シャツが床にパサリと落ちる。そしてスラックスのボタンに樟の手が伸びてきた。腰の辺りに樟の指が触れた瞬間、逃げ出したい衝動に駆られる。だが会話を続けることで、立花はその衝動を必死に堪える。

「樟……」

ドキンと、心臓の大きな音が聞こえる。

名前を呼ばれた樟は、ちらりと視線を立花に向けてきた。

「俺、ガキの頃から、エロいことばかり考えてました」

口の端に微笑《ほほえ》みを浮かべながら、樟は立花のスラックスのファスナーを下ろしていく。

それから下着ごと手にかけ、下半身を覆う物をすべて脱がしていく。

途中、服に引っかかった立花自身は、触れられていないのに既に昂り始めている。外気に触れて弾《はじ》けるように露《あらわ》になった己自身から、立花は視線を逸《そ》らす。

「でも実際の立花さんは、俺が想像していたよりもエロかったです」

冗談めかして言った樟は、まだ微かに震えの残る手を立花の顎《あご》にかけてきた。

やっとのことで視線を合わせると、引き寄せられるように顔が近づいていく。

そして無意識に微笑みを浮かべた立花の唇に、樟は同じく笑った唇を押しつけてきた。

頭上から降り注ぐシャワーの湯が、二人の体を伝って排水口に流れ落ちていく。そのシャワーを浴びながら、何度も何度も唇を重ねていく。

濡《ぬ》れた前髪をかき上げられ、頬《ほお》を親指で撫《な》でられる。顎を辿《たど》り唇を辿った指を追いかけ、その指をしゃぶっていた唇に、樟の唇が重なってくる。

上唇と下唇を交互に食《は》むように、何度も何度も口づける。まるで唇を重ねていないと息絶えてしまうかのような錯覚に陥っていた。

唇を重ね合わせることで安堵《あんど》が全身に広がる。同時に、激しい情欲が全身を駆け巡っていく。

唇を重ねることで二人の間の距離が縮まり、ぴったりと肌と肌が重なり合っていく。立花は両腕を樟の首に回し、樟の腕は立花の腰や背中に回ってくる。

どれだけ互いに強く抱き締め合っても、二人の間には隙間《すきま》が生まれてしまう。

その間を滑り落ちていくシャワーの水滴ですら、今の立花にとっては二人を阻むものに思えていた。

(気持ちいい……)

肌と肌の触れ合う感覚や温もりが、これほどまでに気持ちいいとは知らなかった。

樟に掌《てのひら》全体で体を撫でられる感覚も心地よくてたまらない。

樟の手は、肩から腰、そして太腿《ふともも》に至るラインを辿り、ゆっくり臀部《でんぶ》に移動する。双丘の間に指が滑り込んできた瞬間、立花は無意識に体を強張《こわば》らせる。そこは初めてのとき、樟の欲望を受け入れた場所だ。

何も知らない子どもではなくとも、いざ樟とセックスするとなった段階で、微かな不安を覚えたのは否定しない。実際セックスしている最中には、冷静な判断力など皆無だ。行為を終えてから、セックスをしたのかと、現実を認識したぐらいだった。

「嫌ですか？」

改めて樟に問われる。

（この状態でそんなことをどうして聞くんだ）

内心憤って立花はちらりと横目で樟の顔を確認する。だが自分に向けられた、痛いほど熱い視線を正視できず、逃げるように樟の肩口に額を押しつけた。

「何も言わないと、都合のいいように解釈します」

樟は立花の反応を確認しながら、指を動かしてくる。

双丘を左右に押し開かれその中心にある場所に触れられると、それだけで腰が疼《うず》く。

「……樟……」

「気持ち悪いですか？」

樟は立花の気持ちを先回りしてくる。こう聞かれてしまうと、虚勢を張りたくなってしまう。

「別に」

「それなら良かったです。さすがにこの先でやめろと言われても、やめてあげられませんから」

樟は正直に己の状態を語る。

「この間は貴方《あなた》のことも考えず、ただ夢中に抱いてしまった。だからもし二度目があるなら、絶対に貴方が気持ちよくなるように、たっぷり時間をかけると決めていたんです」

「それなのに、俺がやめろと言ってもやめないのか？」

「今ならやめられます」

真顔で言われてしまうと立花は降参するしかない。

「ばかだな、俺たちは。言葉が足りなすぎだ」

思わず苦笑する。

「関係ないことならいくらでも話せるのに……肝心な話はできていない」

「肝心な話ってなんですか？」

樟は自分の胸から立花の顔を引《ひ》き剝《は》がし、シャワーのコックを捻《ひね》った。それでも前髪から水滴が落ちてくるのを避けようと、立花は樟の額に手を伸ばした。

意志の強さを強調する太くしっかりとした眉《まゆ》。凜《りん》として爽《さわ》やかで凹凸のはっきりとした顔立ち。

この凜々《りり》しい男と、記憶にある幼くて線の細い中学生の樟は、どうやっても立花の中で一致しない。

でもそんな成長期前の頃に立花と出会った樟は、三歳年上の先輩の背中を追いかけ続けてきた。ろくに認識されていないとわかっていただろうに、まるで友人のように赴任先でも立花のことを語っていたという。

当然、悪口であるはずがない。

ただひたすらに、立花のことを褒めまくっていたのだという。

まったく知らない人から向けられる笑顔と好意に、気恥ずかしい気持ちになったが、それ以上に嬉《うれ》しかった。

自分は果たしてそんな風に、誰かのことを褒めたたえられるだろうか。そこまで愛せるだろうか。

いや、愛したい。

同じだけの愛情は注げなくても、その十分の一だけでも、返していきたい。

だから立花は樟に伝える。

これまできちんと伝えられていなかった自分の気持ちを。

「俺は君が好きだ」

二階にある立花の寝室へ移動するのは一苦労だった。

浴室を出てタオルで水滴を拭《ぬぐ》う間にも、口づけを交わさずにはいられなかった。そこから和室に移動しようとする樟を、立花が二階へ誘った。

「俺の部屋で……君と抱き合いたい」

立花の告白と、続くこの言葉が樟の理性の箍《たが》を完全に外したのだろう。

もつれ合いながら階段を上がり、立花の寝室に入ると、ベッドカバーを外すことなく二人で倒れ込んだ。

「ちょ……樟、待て……」

「もう無理です」

仰向けになった立花に覆《おお》い被《かぶ》さってきた樟は、激しく口づけながら、まだ濡れた全身に触れてきた。

「や……、樟……っ」

風呂場でのもどかしいほどの優しい愛撫《あいぶ》ではなく、明確に性欲を呼び覚まさせる激しく猥雑《わいざつ》な弄《いじ》り方に、立花は混乱した。

「そんなにしたら……」

強すぎる刺激は、快感なのか痛みなのかわからない。腰を捩《よじ》り性器への直接的な刺激から逃れようとすると、かえって強く握られた。

「んん……っ」

自慰するのとは違う、予測のつかない他人の指の動きや温もりは、新たな快楽を生む。

平らな胸の突起を嘗《な》められると、皮膚の下がざわついた。

膝《ひざ》を立てては伸ばすを繰り返し、少しずつ熱をためていく立花の下肢に、樟は己の猛《たけ》ったものを押し当ててきた。

一瞬、立花は身構える。

初めてのとき、何もかもが無我夢中で細かいことまで覚えていない。しかし体を繋《つな》がれたときの衝撃や、自分の体を貫いた灼熱《しゃくねつ》の存在までは忘れていない。

「……熱い」

「立花さんのここも熱いです」

樟は立花の腰を掲げ、浴室で触れてきた場所に再び指を添えてきた。咄嗟《とっさ》にきゅっとそこを収縮させた、細かな襞《ひだ》の集まった中心に、樟は指先を突き立ててくる。

「あ……っ」

「入り口も熱い。でも中はもっと熱い」

口で説明しながら、実際に指を中に進めてくる。

「や、め……っ」

熱く熟れた場所は、異物の侵入を拒み一瞬強く収縮する。それを確認するようにさらに指を進められる。

嫌——ではない。むしろ逆の感覚が全身を満たしている。すでに浴室で解《ほぐ》された立花の体は、愛撫だけでは我慢できなくなっていた。

「樟……焦《じ》らさない、でくれ」

不安がないわけではない。痛みも忘れていない。戸惑う気持ちがないわけではない。だがそれ以上に樟が欲しい。

「痛いですか?」

立花は首を左右に振った。

「痛いよりも恥ずかしい」

元々セックスの経験は少なく、何をどうすればいいかわからない。初めてのセックスで感じてしまったことも、立花にとっては醜態以外のなにものでもない。

「だったら駄目です」

樟はそんな立花の気持ちを知ってか、突き放すように言うと指の角度を変えてきた。

「ん……っ」

内側の壁をひっかくようにされると、腰が軽く跳ねた。未知の感覚が広がった。

「ここ、イイですか?」

同じ場所を執拗《しつよう》に弄られると、腰ががくがく震えてきた。触れられていないのに性器が震え硬度を増す。

「ああ、気持ちいいんですね。先が濡れてきている」

「言うな……」

言われなくても自分が一番わかっている。訳がわからなくなるほどの快感が押し寄せてきている。

「駄目です。立花さんのことを抱いているのが誰か、誰に抱かれて自分がどうなっているかを、きちんとわかってもらいたいんです」

樟は立花自身の先を軽く包み込み、柔らかく先端を封じてきた。

「あっ」

痛みに似た刺激に声が上がる。

「貴方を抱いているのは俺です。樟栄佑《えいすけ》です。無理やりじゃない。貴方は自分から望んで俺に抱かれているんです」

「樟……っ」

そんなの、言われなくても知っている。初めて抱かれたあとからずっと、今日という日を心待ちにしていた。

「しばらく我慢してください。先に達《い》ってしまったら、あとが辛《つら》くなるかもしれないから」

「辛くって……んんっ」

奥に進められた指をさらに自在に動かされる。それによって一気に快感が押し寄せるのに、樟によって封じられている。

「や、んん……樟。指を……放して……」

「もう少しだけ待ってください。そうしたら俺も一緒に達けるようになりますから……」

「あっ」

中指で撫でられた場所に、立花は一際甲高い声を上げる。

「ここですか?」

同じ場所を爪《つめ》で刺激されるともう駄目だった。擽《くすぐ》ったいようなむず痒《がゆ》いような感覚のせいで、じっとしていることができずに腰を捩り激しく上下させてしまう。

「も、う、やめてくれ……樟。頭がおかしくなる」

目尻《めじり》に涙が溢《あふ》れるのが自分でもわかった。あまりに情けなくて、立花は己の顔を両手で覆う。そんな手を解くべく、樟はようやく立花を解放する。

「そんな顔しないでください。俺も必死に堪えているのに」

「そんな顔って……」

この状態で、自分がどんな顔をしているか、まるでわからない。

「体の力、抜いていてください」

樟は立花の手の甲に口づけてから、軽く掲げた腰に己の先端を押し当ててきた。

「ん……んんっ」

一瞬の圧迫感のあと、先端が潜り込み、引き裂かれるような痛みが続く。

「あ、あああああ」

初めてのとき、どんな感覚だったか、はっきり覚えていない。

ただ脳天まで突き抜けるような痛みと、下腹を満たす圧迫感と、訳のわからない快感に翻弄《ほんろう》されたことは確かだ。

今回は、あのときよりも、時間をかけてじっくり樟が中に入ってきている気がする。

じわりじわりと内壁をこじ開け、立花の体内が樟を許容するのを待っている。

「あ、あ……っ」

「立花さんの中、きつ、い」

樟は己の状況を言葉にする。

「言う、な……」

「ダメです。さっき言ったでしょう？　俺と今、何をしているか、自分がどうなってるか、しっかり覚えていてください」

樟が言葉を発すると、その振動が体の奥に入った部分から伝わってくる。

「や、あ、あ……」

「立花さんの中は、熱くてきつくて柔らかくて……いやらしい」

「な……っ」

(いやらしいのは樟だ)

樟の言葉に応じて変化していく立花の中で、そこにある欲望も変化していく。

「わかりますか、貴方の中に俺がいるのが」

熱く硬くなった欲望が、擦《こす》り上げた内壁を溶かしていく。

立花の細胞という細胞のひとつひとつに、樟の存在を教え込んでいくように、じっくり時間をかけられる。

「貴方の中で疼いているの、わかりますか?」

執拗に確認を求められ、立花はひたすらに頷《うなず》きで返す。

自分の中にある、自分以外の脈動。

熱い内壁が包み込んだ熱い異物。

気持ちいいのか違和感があるのか。

抱かれる前から、頭も心も樟だけで一杯だった。さらに今、体も樟で満たされている。

「好きです」

これまでに何度も告げられている。

樟のすべてを埋められ、魂を吸い上げられるほどに唇を重ねられる。舌のつけ根まで絡められ、心までも樟のものになっていくような錯覚に陥る。

「俺も……」

吐息で返すと、躊躇《ためら》っていた腕を樟の背中に回す。

樟自身が当たって快感が生まれるたび、無意識に皮膚に爪を立てて悦《よろこ》びを訴える。

「気持ちいい……」

体の奥深いところを突き上げられると、何もかもが溶けていきそうだった。樟はそこを中心に腰を動かす。

「もっと、気持ちよくしてあげます」

最初のときのように激しくがむしゃらに擦り上げられるのではなく、隙間のないほどに満たされた灼熱を前後に揺すられる。

「あ……樟、樟……っ」

繋がった場所から溶けそうになるのは変わらない。ただもっと癖になりそうな、ぴったりとひとつになったような悦びに、立花は泣き出したい気持ちになった。

「少しずつ荷物を運び入れて、八月末までには完全にこちらに生活を移せると思います」

樟は天井に向かって、指を組んだ己の両手をぐっと伸ばした。

「荷物といっても、さっき言ったように弟にほとんど譲るのでパソコンと、スペースがあるようならクローゼットぐらいです。あ、あと」

樟は何かを思い出したようだ。

「和室にベッドをいれたら邪魔ですか？」

立花に確認してくる。

「ベッド？」

指一本力の入らない状況で、立花は枕《まくら》に突っ伏し頭までタオルケットを被っていた。

「寮の頃からベッドだったんで、どうしても布団より慣れているんです。でも畳が傷むから、やめたほうがいいですか？」

「……ベッド、買い替えようかと思ってる」

樟の質問には答えず、立花は自分の考えを口にする。

「どうしてですか？　もしかして、買い替えたら今使っているベッドを俺にくれるんですか？」

しかし樟は平然と返してくる。

こういう質問をするのはわざとなのか。立花は頭をタオルケットからわざと出して恨みがましい視線を樟に向ける。

　樟はその視線の意味がわからないというように首を傾《かし》げる。仕事の上では高性能のコンピューター並みに回転が速いのに、どうしてこういうところで的外れな返答をするのか。立花にしてみれば、かなり思い切った発言だったのに。

「違うんですか？」

「そう思うなら、君は一生一階の和室で一人で寝ればいい」

　自分の気持ちを改めて説明するのも癪《しゃく》で、立花は顔を反対側に向ける。しかし真っ赤になった耳は隠せていない。

「え」

　それでようやく樟は立花の言葉の意図を悟ったらしい。

「それって……もしかして寝るときは一緒にってことですか」

　体を起こしていた樟は、改めてみのむし状態の立花の上に覆い被さってくる。

「重い」

「教えてください。さっき、ちゃんと話をしないと気持ちが伝わらないと言ったのは、立花さんですよ」

　樟の発言に立花は自分で自分の首を絞めたことを痛感させられる。

「前に同居だと言っていたけれど、同居じゃなくて同棲《どうせい》でいいですか」

「そこは同居のままでいいじゃないか」

立花はそこで意地を張る。

「意地悪です、立花さん」

「わかりました。同居でいいです。でも立花さんのベッドで寝てもいいんですよね？」

「意地悪じゃない。事実を言ったまでだ。それよりも重い」

「わかってます。週末だけですよね？」

立花は悪足掻《あが》きだとわかっていながら足掻く。

「……毎日じゃない」

「……違う」

最初からものわかりのいい樟の返しを否定する。

「違うんですか？」

「ときどき……は一人で眠りたい」

自分でも何を言っているのかと思いながらも、ここで引くわけにはいかなかった。

「立花さん……」

「でも！　一緒に寝るだけだ。いつもすると言っているわけじゃ……」

そこを念押しするためにわざとベッドから起き上がった立花は、自分のことをじっと見つめている樟と目が合ってしまう。

これ以上ないほど幸せそうに笑っているのを見て、恥ずかしさが増してしまった。もう一度頭からタオルケットを被ろうとするが、そのタオルケットを樟に奪われてしまう。そして仰向けに枕に押しつけられる。

「樟……」

「俺、幸せです」

そんな立花の胸元に頰を押しつけられて、立花の胸が弾む。

「前にも言いましたが、ずっと立花さんのことを追いかけてきて、同じ職場で働けるようになっても、それ以上の関係になれるなんて思ってもいませんでした。強気に押してもただ自己満足で、立花さんに嫌われる覚悟でした。嫌われて突っぱねられたら忘れられると思っていたんです」

静かな口調で想《おも》いが語られる。

「でも忘れようと思って忘れられるぐらいなら、今まで追いかけてこなかったんですよね。俺の中で立花さんの存在は、立花さんが俺を受け入れてくれようとくれまいと、なくてはならないものになっていました」

立花を知らない人の前で当たり前のように語れるぐらいに。

「自分でもちょっと異常だと思います。本当に一歩間違えたらただのストーカーでしかない俺を、立花さんは受け入れてくれた。これは現実なのに、まだ実感がありません」

樟の手が立花の胸元で意味ありげに再び動き出す。

「……ちょっと……」

「だから……もう一度、実感させてください」

先ほどまでの殊勝な態度が嘘《うそ》のように、上げられた樟の顔から濃厚な艶《つや》が滲《にじ》み出《で》てきた。

「無理だ、樟。俺は帰国したばかりで……」

抵抗する言葉に力がないことは明らかだ。長い時間をかけて挿入された状態で頂上へ導かれた腰は、樟がいなくなっても今も何か挟まったような感じが残っている。

「あと一度だけです。最後までしません。ただ立花さんを気持ちよくさせてあげるだけですから」

抗《あらが》いを封じ下肢に伸びた樟の指は、巧みに動いて器用に刺激してくる。

「あ……っ」

僅《わず》かな刺激でこわばりが解け、抗いは崩れ去ってしまう。

「立花さんは全部俺に委《ゆだ》ねてください。力を抜いて……」

「そんな、続けては、無、理……ん、ん！」

拒もうとしていたのは頭だけで、首筋に口づけられ乳首を弄られるだけで、もう体の力が抜けてしまう。体はもちろん、それ以上に心が樟を求めている。

こうして抱き合うことで生まれる幸せに、もっと浸りたい。

軋《きし》むベッドの音と荒い息遣いや衣擦《きぬず》れの音に混ざった立花の喘《あえ》ぎは、しばらくの間寝室に響き続けていた。


翌朝——

遅い朝食の準備を終えた立花は、階段を上がって寝室へ向かう。数時間前まで大人の男二人で眠っていたベッドの中央には、いまだ裸のまま樟が眠っていた。

俯《うつぶ》せで横に向けられた寝顔には、微かに幼い頃の面影が感じられる。その高い鼻をぎゅっと指で摘んでも、眉を顰《ひそ》めて体の向きを変えただけだった。

それによって肩まで掛けられていたタオルケットが落ちて露になった上半身には、赤い爪の痕《あと》がいくつもできていた。

「……っ」

自分がつけた情事の痕だ。気づいた瞬間、かっと顔が熱くなった。

立花は慌ててタオルケットを引き上げ頭まで包み込んだ。

「樟。起きろ」

「え。わ……なんです、か。これ」

立花は樟から離れる。かなり無理やり起こされた樟は、その場に起き上がった。

密着していると、触れ合っていたときの記憶が鮮明に蘇《よみがえ》ってきて、落ち着かない気持ちにさせられる。

樟を受け入れた立花の体は、痛みは少ないが、今も疼き熱を持っているようだった。樟の温もりに触れると、その疼きが強くなる。

「朝ごはん。できてるから服を着て下りてこい」

「あ、はい……あの、立花さん」

部屋を出ようとしていた立花は扉の前で足を止める。

「なんだ」

「棚の前に置いてある箱の中の物、見てもらえましたか？」

「箱？」

「もしよければ、見てください。俺も服を着たらすぐに下に行きます」

何かよくわからないが、立花は「わかった」と応じて階段を下りていく。

ざわめく体を落ち着かせるように抱き締めながら台所に戻ると、樟の言っていた物を探す。

「棚の前に置いてある箱……」

すぐにわかった。紙袋の中に箱が二つ入っていた。

「なんだ?」

樟に言われたように開けると、中には湯呑《ゆの》みが二つ入っていた。

同じデザインの色違い。

「立花さんのところ、食器も全部揃《そろ》っているけれど、何かひとつぐらい、新しく二人で使える物が欲しかったんです」

デニムにシャツを羽織っただけで、寝癖のついた髪をそのままにした樟が、恥ずかしそうに突っ立っていた。

二度目のセックスをしたら、二人の関係が何か変わるかもしれないと思っていた。変わっていないとは思わない。これから変わっていくのも間違いないだろう。

何よりも大きく変わったことがひとつあった。

照れたように立花を見つめる樟のことを、より愛《いと》しく思っている自分の気持ちだった。

あとがき

とてもとてもありがたいことに『霞が関で昼食を』の二冊目をお届けいたします。

前回、やっとのことで相思相愛となった立花と樟の二人。

すぐに同居して幸せな生活を送るかといえば、そんなことはありませんでした。

職場ではかなり変な人ながら超のつくエリートにもかかわらず、私生活、こと恋愛においては不器用な立花が、一歩ずつ前に進んでいく様を、作者である私とともに応援していただけると嬉しいです。


前回、「読んでいてお腹がすきました」という感想をたくさんいただけてとても嬉しかったです。今回も食べるシーンを多く書く予定が、二人のすれ違いが多かったために、幸せな食事シーンが減ってしまいました。

そのため本編ではなくおまけとして、食事シーンを書き足しました。

このお話では、どんな展開の話にするかと同時に、彼らに「何を食べさせるか」も最初の段階で決めています。

今回の「春巻き」は、私の友人のレシピです。作品執筆前に我が家で作ってもらったときには、具材が多すぎて揚げている最中に爆発する事態になりました。

次はどんな料理を二人に食べてもらおうか考えるのも楽しみのひとつです。

挿絵をご担当くださいました、おおやかずみ様。今回も魅力的なイラストをありがとうございました！

おおやさんには、話の舞台のひとつである麻布十番散策にもおつき合いいただきました。

また今度、麻布十番におそばを食べに行きましょう。

担当のK様には様々なことでお世話になりました。麻布十番散策のみならず、省庁、国会への取材にもご同行いただきました。

最初に作品を読んでくださるK様に「面白かった」と言っていただけると、本当に安心します。今後ともよろしくお願いいたします。

今回、細かい事柄でサポートくださいましたH様、ホワイトハート編集部のI様、楽しい企画をご提案くださいましたＨＰご担当のK様も、ありがとうございました。

これからも、なにとぞよろしくお願いいたします。

大変ご多忙の中、お話をお聞かせくださいました国会議員のO様、秘書様にも、心から感謝しております。

こうして、たくさんの方のお力によって出来上がっているこの本は、読んでくださる方がいらして初めて、続きを書くことができます。

『霞が関で昼食を』で初めてふゆの仁子の作品をお読みくださった方も、以前からずっとお読みくださっている方も、本当に本当にありがとうございます。

今後とも初心を忘れることなく、書き続けていきたいと思っています。

ゆっくりですが確実に、前へ進む（であろう）立花と樟の関係を、見守っていただけたら嬉しいです。

それでは、またお会いできますように。

ようやく夏が終わりそうです　ふゆの仁子

現実と夢の狭間《はざま》

食卓に並ぶ、揃《そろ》いの湯呑《ゆの》みを眺めた立花斎樹《たちばないつき》はふと思う。

(一体どんな気持ちで買ったんだろう)

いわゆる夫婦《めおと》茶碗ではないが意味合い的には近いものがある。

(夫婦茶碗……夫婦……っ)

立花は一人で想像して一人で勝手に照れるものの、樟《くすのき》栄佑《えいすけ》は幸せそうに食事を続けている。

大根の味噌汁《みそしる》に炊き立ての白米にたくあん。ほうれん草の胡麻《ごま》和《あ》えにアジの干物。そこに大根おろしを添えた。

ここに海苔《のり》と梅干し、生卵を加えたら、少し前の旅館の定番の朝食だ。

物心つく頃、海外で生活し、財務省――かつては大蔵省――に入省してからも海外での生活が多い。かつ八分の一外国の血が混ざっている。しかし立花の根底はあくまで「日本人」だ。パンも食べるしフレンチもイタリアンも、いわゆるジャンクフードも食するものの、死ぬ前に食べたいのは和食だ。それも高級料亭の料理ではない。日々当たり前に食べている日常の料理を当たり前に食べたい。

今回、海外での滞在は数日だった。それでも、帰国してまず食べたいのは、いつも食べている味だ。

（やはり味噌汁を味わうとほっとする……）

インスタントの出汁《だし》を使っていても、この味こそが立花家の味噌汁だ。硬めに炊いた白米の歯ごたえも完璧《かんぺき》――いつもならこれで、日常を取り戻せるはずだった。

けれど今回は少々、いや、かなりいつもと事情が異なっている。

元々、昨夜のうちに日常を取り戻すスイッチを入れるつもりでいた。

正確に言うと、仕事モードからは切り替わったものの、立花の意識はふわふわしている。

地に足がついていないというか、夢見心地というか。自分でも信じがたい上に認めたくないが、多分立花は浮かれている。

ドイツ行きを承諾したのは自分だ。樟に「会えない」状況にして、改めて樟に対する想《おも》いを見つめ直すつもりでいた。

この選択はある意味正しかったと思う。どんな状況であれ、樟に「会いたい」「一緒に過ごしたい」という正直な己の気持ちを知ったからだ。

そのままの勢いで樟に電話して想いを告げるつもりでいたら、思いもかけず自宅に樟がいた。さらには、自分たちにどれだけ言葉が足りなかったかを思い知らされたのである。

改めて互いを想い合っている気持ちを理解し、やっとのことで二度目――だけでなく、三度目と四度目――のセックスを経験した。

無我夢中で何が起きたのかもわからなかった最初のときとは違う。自分が誰と何をしているかははっきり認識しながらの行為は、とてつもなくリアルで生々しかった。

こうして平然と食事をしている風を装っていても、立花の体には情事の痕跡《こんせき》がある。樟を銜《くわ》え込んだ腰にはいまだ何かが挟まっているような感覚があるし、痛みも消えていない。さらには、全身がいまだ疼《うず》いているような感じがしている。

そんな自分と違って、平然と食事をしている樟が恨めしく思えるのと同時に、愛《いと》おしく思えている。

目覚めたとき、自分の隣で眠る樟の寝顔を見たときにも、同じような感情が芽生えた。

これまでにも樟は何度かこの家に泊まっている。でも立花のベッドで二人で一緒に眠ったのは初めてだった。

樟と過ごすようになって、立花の家ではテレビの点《つ》いている時間が増えた。立花は家にいても滅多にテレビを点けなかったが、樟は特に観《み》るものがなくてもテレビを点ける習慣があるらしい。

さすがに一日中テレビを点けているのは立花が耐えられず、相談した結果、朝と夜の食事の時間は、無条件にテレビを点けてもいいことにした。これも一緒に過ごすようになって知ったことだ。

これからもたくさんの「初めて」を経験するだろう。

それはある意味、立花にとって樟とこの家で過ごす時間が、いまだ「日常」になっていないということだ。

「初めて」が減っていくことにより、少しずつ「日常」に近づいていくのかもしれない。それが嬉《うれ》しくもあり怖くもある。

「なんです？」

不意に樟が顔を上げる。

「な、何が」

「じっと見てるから。何か顔についてますか？」

「……いや」

言ってから樟の唇の脇《わき》に米粒がついていることに気づく。

「ここにお弁当がついてる」

だから自分の唇の脇を指した。

「お弁当？」

しかし樟には伝わらないらしい。立花は説明する前に手を伸ばしてそこについていたご飯粒を摘んだ。

「子どもの頃、ご飯粒が顔についてると、弁当がついてると言われなかったか？」

「俺はないです、けど……、立花さん、何をやってるんですか？」

樟は突然に立花が口元に運ぶ腕を摑《つか》んできた。

「何って……ご飯粒を食べただけだ……」

「俺の顔についてたご飯粒ですよね？」

「そうだが」

「覚えてますか。前に武本《たけもと》さんと一緒にランチ行ったときのこと」

「武本と……？」

「一緒に仕事し始めた二週間後ぐらいの頃です。二人で食事しているところにあとで俺が合流したときです」

具体的に時期を言われて記憶を遡《さかのぼ》らせると、ぼんやり記憶が蘇《よみがえ》ってくる。

あのとき、立花の顔についていたご飯粒を武本が摘んだ。そして口に運ぼうとした武本の腕を、横から伸びてきた樟の手が阻《はば》んだ。

『公衆の面前でエロイことするの、やめてくれませんか？』

立花にとっては、特別なことではなかった。少なくとも武本との間では当たり前に行われていたことだ。とはいえ専《もっぱ》ら顔にご飯粒をつけるのは立花で、武本に面倒を見てもらっていた。

だから当然、何が「エロイこと」なのか、まったくわかっていなかった。

そんな、樟曰《いわ》く「エロイこと」を、今、立花が行っていたわけだ。

「あ」

立花が短い声を上げた刹那《せつな》、樟の顔が真っ赤に染まる。それにつられて、立花の頬《ほお》も赤くなっていく。

「べ、つに、エロイことじゃない」

摑まれていた腕を振り払い、半ば意地のようにご飯粒を口に運ぶ様を見て、樟は耳まで真っ赤にして俯《うつむ》いてしまう。

「立花さんにとってエロイことじゃなくても、俺にはエロイことなんです」

樟は苦し気に呻《うめ》くと、箸《はし》を置いて両手で顔を覆ってしまう。

「な、に、を言ってる。ご飯粒を摘んで食べるよりもエロイことを、散々俺にしただろうが」

強気に返してみるものの、改めて「樟が自分にしたエロイこと」を思い出すだけで、全身が疼いてきそうだ。

「それとこれとは別です」

しかし樟はあっさり否定する。

「何が別なんだ」

「俺がするのと立花さんがしてくれるのじゃ、まったく違うんです」

「意味がわからない」

「わからなくていいです。ただ俺の中には、『立花さんにしてもらいたいこと』リストがあって、今のはそれのひとつだったってことです」

「俺にしてもらいたいことリスト?」

(なんだそれは)

驚くよりも笑いを誘うリスト名だが、それを立花はぐっと堪えた。

「いいですよ、笑っても」

立花の心を見透かしたように、樟は己の指の間から恨みがましい目を向けてきた。

「笑ってなんてない」

「自分でもどうかと思っています。ただ、二十年も立花さんを想い続けた結果、色々拗《こじ》らせてしまい、こんなリストでも作らなければやってられなかったんです」

「よくわからないが、そういうものなのか」

平然とわかった風を装いつつも、内心は違う。

(知りたい。他にどんなことを俺にさせたいのか知りたい)

怖いが、それ以上に好奇心が勝る。

樟という男は常に立花の予想を上回ってくる。そんな樟の欲望というよりは、拗らせた結果、生まれただろう『理想』の立花に求めていたことなのだろう。

「そういえば」

突然に思い出す。

「ドイツで、国際復興開発銀行のユージン・プレストンという男に会った」

「ユージン？」

その名前を告げた途端、樟は顔を覆っていた手を退《ど》けた。

「ワシントンにいた頃の友人です。あいつ、今回会議に参加してたんですか。メールで連絡をしたときは何も言ってなかったのに……」

「君のことを、頭の回転が速くて鋭い上に人柄も素晴らしく、あらゆる人から好かれていたと言っていた」

「あいつ、立花さん相手だからって、そこまで俺のことを褒めなくても……」

そこまで照れ隠しのように言ってから樟ははっと息を呑《の》み眉《まゆ》を顰《ひそ》めた。

「何か……何か、他にユージンから聞きましたか」

樟は明らかに動揺している。

「聞いた」

「何を……」

わかっていてあえて立花が応じると、樟は目を大きく見開いた。

「あいつから何を聞いたんですか」

そんな男の顔を眺めながら、立花の鼓膜にはユージンの言葉が蘇ってくる。

『エイスケは自分が褒められると、貴方《あなた》の名前を挙げました。タチバナさんに比べたら自分は全然なんだと。どんな人なのかと揶揄《やゆ》すると、平然と綺麗《きれい》な人だと惚気《のろけ》ました。恋人でも友達でもなくただ憧《あこが》れているだけの人だとも言っていましたが』

樟との過去を語るユージンの表情は優しく穏やかだった。

『エイスケが日々語っていたんです。とても綺麗で優しい人なんだと。実際にお会いしたタチバナさんは、エイスケの語っていた以上に綺麗な人でした。エイスケが貴方に心酔するのもわかるような気がします』

思い出すだけで頬が熱くなるのを感じて、立花は視線を樟から逸《そ》らす。

「内緒」

そして短く言うと樟が「内緒ってなんでですか」と聞いてきた。

「内緒は内緒だ」

「立花さん！」

「知りたければ当人に聞けばいいだろう」

さすがに、ユージンの言葉をそのまま言うのは恥ずかしすぎる。

「そんな……」

「それとも何か？　そこまで慌てるということは、俺に言われて困るようなことを話していたのか？」

照れ隠しのつもりの立花の発言に、樟はぐっと言葉を詰まらせる。

（まさか、俺の聞いた以上に恥ずかしい話をしていたのか？）

樟のことだ。十分あり得る。

何しろ再会した直後、この男は立花に向かって「救いの天使」だったと抜かしている。

一緒に過ごす時間が増えて、さすがに立花に対する過剰な崇拝心は薄れたように思う。

しかしいまだ立花に対して、樟は夢を描いているように感じられることがある。

立花にとって、それから樟にとって、互いの存在が「普通」であり「日常」となるには、まだ少し時間が必要なのだろう。

焦ることなく、一歩ずつ。

二人が前へ進んでいくために。

『霞が関で昼食を　恋愛初心者の憂鬱な日曜』、いかがでしたか？
ふゆの仁子《じんこ》先生、イラストのおおやかずみ先生への、みなさまのお便りをお待ちしております。

ふゆの仁子先生のファンレターのあて先
〒112-8001　東京都文京区音羽2-12-21　講談社　文芸第三出版部「ふゆの仁子先生」係

おおやかずみ先生のファンレターのあて先
〒112-8001　東京都文京区音羽2-12-21　講談社　文芸第三出版部「おおやかずみ先生」係

N.D.C.913　218p　15cm

ふゆの仁子（ふゆの・じんこ）
10月10日生まれ、天秤座、A型。
愛犬とのんびり暮らしています。
趣味の二胡は始めて10年を超えました。
夜中におもむろに料理を始める日々。
友達と一緒に作り始めたジンジャーシロップ、日々進化中。

講談社X文庫

white heart

霞《かすみ》が関《せき》で昼食《ちゅうしょく》を　恋愛初心者《れんあいしょしんしゃ》の憂鬱《ゆううつ》な日曜《にちよう》

ふゆの仁子《じんこ》

●

2017年11月１日　第１刷発行

定価はカバーに表示してあります。

発行者──鈴木　哲
発行所──株式会社　講談社
東京都文京区音羽2-12-21　〒112-8001
電話　編集　03-5395-3507
販売　03-5395-5817
業務　03-5395-3615
本文印刷－豊国印刷株式会社
製本───株式会社国宝社
カバー印刷－半七写真印刷工業株式会社
本文データ制作－講談社デジタル製作
デザイン－山口　馨

ISBN978-4-06-286969-0